Este libro pertenece a:

- -

Dirección editorial: Marcela Luza
Edición: Mercedes Pesoa y Gonzalo Marín
Coordinación de diseño: Marianela Acuña
Diseño: Cristina Carmona
Colaboración en ilustración de portada: Jibran Vargas

© 2017 Aníbal Litvin
© 2017 V&R Editoras
www.vreditoras.com

México: Dakota 274, Colonia Nápoles.
CP 03810, Del. Benito Juárez, Ciudad de México
Tel./Fax: (5255) 5220-6620/6621 • 01800-543-4995
e-mail: editoras@vergarariba.com.mx

Argentina: San Martín 969 piso 10 (C1004AAS), Buenos Aires
Tel./Fax: (54-11) 5352-9444 y rotativas
e-mail: editorial@vreditoras.com

ISBN: 978-987-747-328-5

Impreso en México, julio de 2017
Litográfica Ingramex S.A. de C.V.

Litvin, Aníbal
    1.000 datos locos del fútbol americano / Aníbal Litvin.
- 1a ed. - Ciudad Autónoma de Buenos Aires: V&R, 2017.
    288 p.; 21 x 14 cm.

    ISBN 978-987-747-328-5

    1. Recopilación de Datos. 2. Libro para Niños. I. Título.
    CDD 808.899282

1.000 datos locos del FÚTBOL AMERICANO

ANÍBAL LITVIN

V&R
EDITORAS

El 5 de septiembre de 1906 se lanzó el primer pase
hacia adelante en la historia oficial del fútbol americano.
Bradbury Robinson, *quarterback* de Saint Louis University,
se lo pasó a Jack Schneider en un juego contra
Carroll College.

El nombre *Super Bowl* fue acuñado por Lamar Hunt,
fundador de los Jefes de Kansas City. Hunt pensó
el nombre a raíz de que vio a su hijo jugar con un juguete
llamado *Super Ball*, una pelota rebotadora muy conocida
en la década de 1970. La palabra "Bowl" ya se utilizaba
para definir a las finales del fútbol universitario desde
1923, cuando se comenzó a jugar el Rose Bowl.

En 1920 se constituyó la American Professional Football
Association que en 1922 cambió su nombre
por National Football League (NFL). El primer partido
tuvo lugar en Dayton, Ohio, el 3 de octubre de 1920.
El equipo local, los Dayton Triangles vencieron
a los Columbus Panhandles por 14-0.

4

En 1970, el ejecutivo del canal ABC Roone Arledge
y el comisionado Pete Rozelle unieron fuerzas para
crear el Monday Night Football, uno de los programas
de televisión con más años de existencia.

5

Norm Michael, jugador de la Universidad de Syracuse,
fue legítimamente drafteado en 1944 por las Águilas
de Filadelfia. Por aquel entonces, las comunicaciones
no eran lo que son hoy en día... y el hombre tardó
55 años en enterarse de la elección. Lo descubrió
en 1999 consultando una lista de chicos de Syracuse
que habían sido elegidos para jugar en la NFL.

6

**El jugador con más puntos en un Super Bowl
es Jerry Rice con 48, anotados en 3 finales diferentes.**

7

En el Super Bowl LI, Matt Ryan de los Halcones
de Atlanta se convirtió en el primer *quarterback*
en jugar una final con el número 2 en su camiseta.

En el fútbol americano el principal pasador
es el *quarterback* (o mariscal de campo). Su función
principal es la de entregar el balón a los corredores
para ataques terrestres o realizar pases a los receptores
y alas cerradas para ataques aéreos.

En 2017, Dak Prescott de los Vaqueros de Dallas se
convirtió en el primer *quarterback* novato en lanzar 3 pases
de anotación en un juego de *playoff*. Sin embargo, su equipo
perdió contra los Empacadores de Green Bay por 34 a 31.

**Cada equipo de la NFL recibe un total de 108 balones
por juego: 54 para la práctica y 54 para el partido.**

Chris Boswell de los Acereros de Pittsburgh se convirtió
en 2017 en el primer pateador de la historia en acertar
6 goles de campo consecutivos en un juego de *playoff*,
dándole la victoria a su equipo frente a los Jefes
de Kansas City por 18 a 16.

El 7 de febrero de 2016, Peyton Manning se convirtió
en el jugador con mayor edad en ganar un Super Bowl
con 39 años de edad. Al año siguiente, Tom Brady también
ganó un Super Bowl con 39 años, pero Manning cumplía
los 40 en marzo mientras que Brady en agosto.

En la NFL existen 32 equipos en total y se dividen en dos
conferencias: la AFC (American Football Conference)
y la NFC (National Football Conference). Cada una
de ellas tiene 4 divisiones: Norte, Sur, Este y Oeste.

La competición de fútbol americano universitario
más importante es la de la National Collegiate Athletic
Association (NCAA) en los Estados Unidos.
Otras competiciones de fútbol americano universitario
son las de la National Association of Intercollegiate
Athletics (NAIA), también en los Estados Unidos,
Deporte Interuniversitario Canadiense, la Organización
Nacional Estudiantil de Fútbol Americano (ONEFA)
y la Comisión Nacional Deportiva Estudiantil
de Instituciones Privadas (CONADEIP) en México.

15

La función del centro en el juego es pasar la bola entre
sus piernas para entregársela al *quarterback*, aunque a veces
también se la pasa al pateador o al *holder* (el que toma
y coloca el balón para que el pateador pueda realizar
un gol de campo), en una acción llamada *snap*.

16

Los equipos que tienen mayor preferencia entre la afición
mexicana son los Vaqueros de Dallas, los Acereros
de Pittsburgh, los Patriotas de Nueva Inglaterra,
los Jets de Nueva York y los Potros de Indianápolis.

17

**El 2017 los Jets de Nueva York cumplieron
47 temporadas consecutivas sin disputar un Super Bowl.**

18

En un concurso de 1996, donde participaron 33.288 votantes,
se decidió llamar "Cuervos de Baltimore" al nuevo
equipo de esa ciudad en honor al escritor Edgar Allan Poe
y su obra *El cuervo*, ya que Poe vivió en Baltimore
un tiempo y está enterrado en esa ciudad.

El premio al Jugador Más Valioso del Super Bowl
es un galardón dado al jugador que influyó de manera
más significante en el resultado del partido. El ganador
es escogido por un panel de miembros de los medios
de comunicación (80% de la votación) y los aficionados
(20% de la votación). Los aficionados pueden votar online
durante el juego. Antes del Super Bowl XXXV, solo los
medios de comunicación escogían al MVP.

Adam Vinatieri, pateador que jugó para los Patriotas
de Nueva Inglaterra y los Potros de Indianápolis, fue
el primero en su puesto en ganar cuatro Super Bowls.

Cuando comenzó el Super Bowl, en 1967,
una entrada costaba entre 6 y 12 dólares.
En la actualidad, supera los 4 mil dólares.

**Hasta 2017, 30 equipos han ganado
el Super Bowl jugando con uniforme blanco.**

Dallas y San Francisco son los equipos
que perdieron un Super Bowl con el mayor número
de puntos anotados, ambos con 31 (Dallas
en la edición XIII y San Francisco en la XLVII).

El College Football *Playoff* determina el campeón nacional
de División I (FBS) de fútbol americano universitario de
la NCAA desde la temporada 2014. Las semifinales se
disputan en dos partidos con las denominaciones de seis
Bowls tradicionales de este deporte: Rose Bowl, Sugar Bowl,
Orange Bowl, Cotton Bowl, Fiesta Bowl y Peach Bowl.
Para repartir estos 2 partidos entre los 6 Bowls, se hacen
rotaciones cada 3 años. Así, un año las semifinales son
el Rose y el Sugar, al año siguiente el Orange
y el Cotton, y al año siguiente el Fiesta y el Peach,
para volver a empezar el ciclo. El College Football
Championship Game se disputa el primer lunes después
de que hayan pasado seis días desde la última semifinal.

Antes de 1961, el premio al Jugador Más Valioso
de una temporada no se llamaba *Most Valuable Player*
(MPV), sino *POTY* (Player of the Year).

Al Super Bowl de 1967, disputado entre los Empacadores
de Green Bay y los Vaqueros de Dallas, se lo apodó Tazón
del Hielo, o Ice Bowl, debido a que la temperatura
a la hora del partido era de 25 grados bajo cero. Al árbitro
principal se le congeló el silbato en los labios, y el resto
del partido, los árbitros usaron sus voces para marcar faltas
o terminar jugadas. Ganaron los Empacadores 21 a 17.

**La diferencia más grande en puntos en un Super Bowl fue
en su edición XXIV. San Francisco le ganó a Denver 55 a 10.**

El defensa Ray Lewis de los Cuervos de Baltimore
ganó los Super Bowl XXXV y XLVII con una diferencia
de 12 años entre ambos juegos.

Unos 9 mil mexicanos van a Texas para presenciar
los partidos oficiales de los Vaqueros de Dallas,
de los cuales 2.500 viajan desde la ciudad de Monterrey
y 6.500 del resto del país.

30

El ganador del Super Bowl se hace acreedor al Trofeo
Vince Lombardi. Se llama así en honor al legendario
entrenador de los Empacadores de Green Bay,
quien ganó los dos primeros Super Bowls. El trofeo
es fabricado por la marca *Tiffany & Co*. Se hace uno nuevo
cada año, pesa un poco más de 3 kilos y su producción
cuesta alrededor de 25 mil dólares.

31

Los equipos que más se han enfrentado
en un Super Bowl son los Vaqueros de Dallas contra
los Acereros de Pittsburgh con un total de 3 encuentros.

32

La venta de televisores en Estados Unidos es mayor
durante los días previos al Super Bowl que en el famoso
día especial de descuentos llamado Black Friday.

33

Los Halcones Marinos de Seattle fueron el primer
equipo que ha jugado partidos oficiales tanto
en la NFC como en la AFC.

34

El *huddle* (o reunión circular) fue inventado por un *quarterback* sordo llamado Paul D. Hubbard, graduado de la Escuela para Sordos de Kansas. Jugaba para la Universidad de Gallaudet en Washington DC en 1892. Debido a su discapacidad, tenía que decirles las jugadas a sus compañeros de equipo usando las manos. Para que los contrarios no tuvieran la oportunidad de interpretar estas señas, Paul inventó el *huddle*, tal como lo conocemos hasta el día de hoy.

35

En 1973, los Delfines de Miami obtuvieron la "Temporada perfecta": ganaron absolutamente todos los partidos -en total 16- y también el Super Bowl VII contra los Pieles Rojas de Washington. Es el único equipo en la historia que ha logrado esto.

36

Si todos los partidos de la NFL de la temporada regular -unos 256- terminaran empatados con el mismo marcador (por ejemplo, todos terminan 3 a 3), el reglamento indica que se decidirían los *playoffs* lanzando una moneda para ver quiénes juegan y quiénes no.

**En México se transmiten los partidos de la NFL
desde hace más de 40 años.**

No existen grabaciones completas del primer Super Bowl,
jugado en 1967 en California. El partido lo disputaron
los Jefes de Kansas City contra los Empacadores de Green
Bay, pero era un evento tan poco atractivo para muchos,
y el resultado tan predecible, que generó
muy poco interés en los aficionados.

El actor Dwayne Johnson fue una destacada
figura de la lucha libre al ganar 10 campeonatos
mundiales. Pero antes de la lucha y la actuación,
jugó fútbol americano por la Freedom High School.
En 1990 fue miembro de los Huracanes de Miami, equipo
de la NCAA. Sin embargo, una lesión en la espalda terminó
su carrera en la NFL antes de que comenzara. Firmó un
contrato con el equipo Calgary Stampeders de la Canadian
Football League, pero fue cortado dos meses después
de que diera comienzo esa temporada. Así fue como
decidió dedicarse a la lucha libre profesional.

40

En Estados Unidos las llamadas de larga distancia
disminuyen en un 50% durante el Super Bowl
y se incrementan al doble en el medio tiempo.

41

En 2017, Le'Veon Bell de los Acereros de Pittsburgh fue
el primer jugador en superar las 300 yardas por tierra
sumando sus dos primeros partidos jugados en *playoff*.

42

El primer campeón de la Liga de Fútbol Americano
Profesional de México fue el equipo de los Mayas,
en 2016. Vencieron 29 a 13 a los Raptors en la final.

43

El espectáculo de medio tiempo del Super Bowl XXVI,
de 1992, perdió 20 millones de espectadores estadounidenses
que se pasaron a ver un especial del programa humorístico
"In Living Color" en otro canal. Para evitar esta "huida"
a otros canales, la NFL hizo cambios drásticos en el Super
Bowl XXVII, de 1993, con un concierto de Michael Jackson.

A finales del siglo XIX y principios del siglo XX, el método
de juego desarrollado por entrenadores universitarios,
como Amos Alonzo Stagg y Glenn "Pop" Warner, ayudaron
a aprovechar la nueva regla del pase hacia adelante.
Anteriormente solo se pasaba hacia atrás,
como en el rugby.

La primera dinastía de la NFL en la era moderna
fue la de los Empacadores de Green Bay, que ganaron
los dos primeros Super Bowls y un total de siete
campeonatos en la década de 1960.

Down es el nombre que se da a cada una de las cuatro
oportunidades ofensiva para jugar la pelota e intentar
avanzar sobre el terreno de juego. Cada vez que se declare
un primer *down*, el equipo ofensivo tendrá otras cuatro
oportunidades para avanzar diez yardas y recibir otro
primer *down* si lo logran, y así sucesivamente, hasta que
se consiga una anotación o se pierda la posesión del balón.
El *down* empieza cuando la pelota es centrada o pateada
y termina cuando es declarada bola muerta.

En México, el primer partido de fútbol americano
se llevó a cabo en 1896 en Xalapa, Veracruz.
Lo jugaron marinos estadounidenses y jóvenes amigos
de Raúl Dehesa, hijo del entonces gobernador
del estado de Veracruz, Teodoro A. Dehesa Méndez,
recién llegado del Staten Island High School.

El pateador Martín Gramática fue el primer argentino
en jugar en la NFL. En 2002 ganó el Super Bowl
con los Bucaneros de Tampa Bay, anotando 12 puntos
(2 goles de campo y 6 puntos extra).

En EE.UU., desde la década de 1990 el nivel de popularidad
del fútbol americano sobrepasó al del béisbol, logrando
ser el deporte más popular de ese país.

Un *touchdown* es similar al *try* que se realiza en el rugby,
con la diferencia que en el *try* el balón debe tocar el
terreno, lo cual fue abolido en el fútbol americano.

51

Durante el Super Bowl 50, la gente comió 1.300 millones de alitas de pollo antes, durante y después del partido.

52

En México, el fútbol americano es el quinto deporte más popular y el cuarto en la zona metropolitana de la Ciudad de México.

53

En 1883 fue creado el primer sistema de puntos: los goles de campo valían 5 puntos, mientras que los *touchdowns* y las conversiones de punto extra valían 3 puntos cada uno.

54

En Canadá existe la Canadian Football League (CFL). Es el segundo deporte en popularidad de ese país. Está compuesta de 9 equipos de diferentes ciudades y divididos entre divisiones del Este y Oeste, que tienen 4 y 5 equipos respectivamente. Cada equipo juega 18 partidos entre junio y octubre. Después de la temporada regular, 6 de los 9 equipos juegan durante tres semanas los *playoffs*, que finalizan con el ganador del título y de la Grey Cup.

55

La ciudad de Monterrey, desde 1945, cuenta con su clásico
entre los Borregos Salvajes, del Instituto Tecnológico
y de Estudios Superiores, y los Auténticos Tigres,
de la Universidad Autónoma de Nuevo León.

56

La World League of American Football (WLAF) nacida
a principios de 1990, que luego se convirtió en la NFL
Europa, tenía algunas variaciones en su reglamento.
Una era el aumento de la puntuación del gol de campo
de acuerdo a la distancia de la patada: por ejemplo, si un
pateador anotaba un gol de campo desde 50 yardas podía
lograr 4 o 5 puntos en lugar de 3. También utilizaban
la conversión de 2 puntos, que en 1994 fue adoptada por la
NFL. Los equipos también estaban obligados a competir
por lo menos con un jugador titular no estadounidense.

57

El partido entre los equipos de las dos universidades
públicas más grandes de México, los Pumas de la UNAM
y las Águilas Blancas del IPN, se ha disputado desde
hace más de 70 años, convirtiéndolo en el partido
clásico más antiguo de cualquier deporte en este país.

Durante la transmisión del primer Super Bowl,
el costo por un anuncio televisivo de 30 segundos
de duración era de 42.500 dólares. Durante el Super Bowl
50, un anuncio similar costó 5 millones de dólares.

**Los Vikingos de Minnesota y los Buffalo Bills han jugado
4 veces un Super Bowl y nunca lo han ganado.**

La línea de *scrimmage* o de golpeo es una línea imaginaria
que atraviesa transversalmente el terreno de juego,
separando a los equipos. Ningún equipo puede cruzarla
hasta que la siguiente jugada haya comenzado.

La NFL Europa fue creada en 1998 como reestructuración
de la World League of American Football (WLAF), que
había operado entre 1991 y 1997. La liga tuvo franquicias
en las ciudades de Ámsterdam, Colonia, Barcelona,
Fráncfort, Londres, Hamburgo, Edimburgo y Berlín.
Fue clausurada en 2007.

62

En el 2017, los Patriotas de Nueva Inglaterra
se convirtieron en el primer equipo en alcanzar
9 veces la final del Super Bowl.

63

El equipo de San Francisco se llama "49ers" por los
buscadores de oro que llegaron a California del Norte
hacia 1849 durante la "fiebre del oro". Es el único
nombre que el equipo ha tenido en toda su historia
y siempre ha estado dentro de la Bahía de San Francisco.

64

El primer jugador seleccionado en la historia del draft
fue el corredor Jay Berwanger. Las Águilas de Filadelfia
lo eligieron en 1936, sin embargo, él rechazó la oferta por
considerarla escasa y con ello perdió la oportunidad
de seguir una carrera profesional. Finalmente,
trabajó como vendedor de gomaespuma.

65

Se llama *fumble* a la jugada en la que
el jugador ofensivo pierde el balón.

66

El Salón de la Fama del Fútbol Americano
Profesional abrió sus puertas el 7 de septiembre de 1963
en Canton, Ohio, con 17 jugadores seleccionados.
Todos ellos jugaron parte o toda su carrera en la NFL,
con la única excepción de Billy Shaw de los Buffalo Bills,
quien integraba la antigua AFL.

67

Bert Bell, exdueño de las Águilas de Filadelfia,
propuso en 1935 la creación del draft buscando equidad
en la competencia, ya que en ese momento los jugadores
colegiales podían ser contratados por el equipo que les
ofreciera mejor sueldo. Un draft es un proceso para poder
asignar determinados jugadores a equipos deportivos.
Para fomentar la paridad, los equipos que tienen
una mala temporada, por lo general, al finalizar
la misma pueden escoger en primer lugar.

68

La última selección de cada draft es el jugador 253 en la
lista. A esa elección se le conoce como "Mr. Irrelevant"
(Señor Irrelevante) y desde 1967 solo 14 de esos jugadores
han participado en al menos un partido en la NFL.

37 veces se ha jugado el Super Bowl durante el mes de enero.

En 1960, los Vaqueros de Dallas fueron la primera organización en utilizar la informática para clasificar a los jugadores jóvenes según sus cualidades y elegir de la mejor manera en el draft.

Todos los jugadores que se inscribieron en el draft y no fueron seleccionados en una de las siete rondas pueden llegar a la NFL a través de la agencia libre para novatos. Uno de los casos más importantes fue el del *quarterback* Kurt Warner, quien ganó un Super Bowl con los Carneros de Los Ángeles.

En la temporada 2012-13, Drew Brees logró 48 juegos consecutivos con al menos un pase de *touchdown*. Así rompió la racha de 47 de Johnny Unitas, que había permanecido intacta durante más de 52 años.

73

En 2013, en un juego de fútbol americano colegial
en Nebraska, Jack Hoffman, un niño de 7 años que
padecía de cáncer en el cerebro, enfundado con la
vestimenta del equipo local y el 22 en los dorsales,
anotó un *touchdown* ante la algarabía de 60.000
aficionados reunidos en el estadio. El pequeño recibió
el balón de parte del *quarterback* Taylor Martinez
y recorrió 69 yardas, cumpliendo un sueño de vida.

74

En la edición 50 del Super Bowl, cada jugador
del equipo vencedor se llevó como premio 97 mil dólares.

75

El equipo de los Potros de Indianápolis
estuvo en Baltimore hasta 1983.

76

En 2015, la NFL alargó la distancia para patear el punto
extra luego de un *touchdown*. Desde ese momento
se coloca el balón en la yarda 15, llevando al punto extra
a una distancia de 33 yardas al momento de ser pateado.

La línea de *scrimmage* marca el punto desde donde una jugada se considera avance o retroceso. Todas las yardas que se consigan cruzando esta línea se consideran avance y se restan de las yardas que falten para conseguir un nuevo *primer down* o *primera oportunidad*. Si al término de una jugada el equipo ofensivo es detenido detrás de la línea de golpeo se considera un retroceso y las yardas retrocedidas se suman a las yardas faltantes para conseguir una nueva serie de cuatro oportunidades.

Walter Camp, escritor deportivo y entrenador, es considerado el "padre del fútbol americano". En la década de 1880, presentó innovaciones como el *snap* desde el centro, el sistema de *downs* y el sistema de puntos, así como la introducción de las configuraciones ofensivas de jugadores.

El partido de los Texanos de Houston y los Raiders de Oakland disputado en México en 2016 fue el primero en 47 años de historia del Monday Night Football en jugarse fuera de EE.UU.

80

Al jugar en el estadio Azteca en 2016, el *quarterback*
de Oakland, Derek Carr confesó ser aficionado al fútbol
y comentó: "Pude jugar en Wembley en mi año
de novato y ahora jugar aquí fue sorprendente.
Estamos hablando de la Mano de Dios y el Juego
del Siglo... es mucha historia".

81

Los Carneros jugaban originariamente desde
1936 en la ciudad de Cleveland (Ohio) y se mudaron
a Los Ángeles (California) en 1946. En 1995, la franquicia
se trasladó a la ciudad de Saint Louis (Missouri),
y en 2016, retornó nuevamente a Los Ángeles.

82

Desde sus orígenes, a finales de la década de 1860,
el fútbol americano era practicado por universitarios.
No había reglas definidas aún y el deporte era muy
parecido al rugby. Con el paso de los años, estas fueron
establecidas entre las universidades de Princeton,
Yale, Columbia y Rutgers. Estos centros educativos
también fundaron la Asociación Intercolegial de Football
y acordaron en 15 el número de jugadores por equipo.

 **83**

"*Bowl*" literalmente significa bol o tazón.
En el contexto del fútbol americano hace referencia
a aquellos campeonatos que se deciden a partido único.

 **84**

**Once años pasaron para que la NFL volviera
a disputar un partido en México, en 2016.**

 **85**

El récord del gol de campo de fútbol americano más
largo ejecutado en la historia de la NFL lo tiene
Matt Prater. Fue un gol de campo de 64 yardas
en el triunfo de los Broncos de Denver contra
los Titanes de Tennessee, el 8 de diciembre de 2013.

 **86**

Preocupados por la seguridad de los jugadores,
entrenadores y representantes de las universidades
estadounidenses, se fundó un órgano responsable
del establecimiento de reglas, que en 1921
se convirtió en la National Collegiate
Athletic Association (NCAA).

En el 2008 y de locales, la selección de Uruguay recibió a la selección de México de la Conferencia de Fútbol Americano de Oriente. Fue la primera vez que un equipo mexicano jugó en Sudamérica y el partido fue para la visita por 40 a 3.

Las dos zonas de anotación miden 10 yardas (9.1 metros) cada una.

Un concurso entre los fanáticos, donde participaron 19.000 personas para escoger el nombre del equipo de Miami, terminó dando como ganador a los Delfines. Lo escogieron porque el delfín es uno de los animales más inteligentes que hay.

El récord más antiguo de la NFL pertenece a Ernie Nevers y data de 1929. El *fullback* de los Cardenales de Chicago anotó 40 puntos ante los Osos de Chicago, producto de seis *touchdowns* y cuatro puntos extra.

91

De los diez programas de televisión más vistos en la historia
de los Estados Unidos, nueve son Super Bowls.

92

La American Football League (AFL) fue una antigua liga
de fútbol americano profesional. Existió entre 1960 y 1969.
En 1970 se fusionó con la NFL. La AFL fue fundada por
empresarios que no habían obtenido franquicias en la NFL.
En su primera temporada la liga tenía ocho equipos: cuatro
en ciudades con equipos de la NFL (Los Ángeles, Nueva
York, Oakland y Dallas) y cuatro en ciudades sin presencia
de la NFL (Boston, Buffalo, Denver y Houston).

93

Rolando Cantú fue el primer mexicano que jugó
en la NFL sin ser pateador. Fue campeón del World Bowl
con los Truenos de Berlín (Berlin Thunder) en 2004.

94

En la consola Sega Genesis, aparecida a fines
de la década de 1980, se podía jugar al Mutant League
Football, donde en lugar de jugadores... había mutantes.

95

Los partidos de fútbol americano que protagonizaron
instituciones educativas empezaron a ser comunes
en México a fines de la década de 1920.

96

El 20 de noviembre de 1929, el presidente mexicano Emilio
Portes Gil inauguró el parque Venustiano Carranza
con un partido internacional entre Mississippi College
y la Universidad Nacional de México. El resultado fue
de 28 a 0 favorable a Mississippi. Entre los jugadores
mexicanos sobresalieron los hermanos Noriega, Alejandro
y Leopoldo, pioneros del deporte en esa Universidad.

97

**El fútbol americano actualmente
se practica en más de 60 países.**

98

En la década de 1920, unos ferrocarrileros
de Pachuca, México, fundaron su propio equipo:
el "5-A", bautizado así en honor de una locomotora.

La superficie total del rectángulo en donde se practica
este deporte es de 120 yardas (110 metros) de largo,
y 53.33 yardas (48.76 metros) de ancho.

El *backfield* es una palabra cuyo origen se remonta
aproximadamente a 1910-1915 y deriva del uso de las
palabras "*back*" (parte de atrás) "*field*" (campo). Se usa para
determinar un área donde los miembros de un equipo
se ubican en el campo de juego. Se sitúa detrás de los
hombres de la línea de golpeo en posición ofensiva y está
conformado por: *quarterback, running back* y *fullback*. En
defensiva el *backfield* está conformado por: *linebackers,
safeties, cornerbacks*.

Los Cardenales de Arizona eran originarios de Chicago.
Su nombre surgió cuando en 1898 debutaron con
uniformes usados de la Universidad de Chicago.
Debido a lo desgastados que estaban, habían pasado
de ser de color granate (color de la universidad) a ser de
color rojo cardenal, por lo que el público los denominó
con el nombre de este pájaro. En 1947, incorporaron
al cardenal como mascota.

Solo hay cuatro equipos que nunca han llegado al Super Bowl: los Browns de Cleveland, los Leones de Detroit, los Jaguares de Jacksonville y los Texanos de Houston.

En 1989, el show del medio tiempo tuvo como protagonista a Elvis Presto, un mago e ilusionista que imitaba el estilo de Elvis Presley.

CBS pagó 4.65 millones de dólares por los primeros derechos exclusivos para transmitir los partidos de la NFL en 1962. Hoy, la cadena ESPN desembolsa 1.900 millones de dólares al año solo por los derechos del Monday Night Football.

Carl Weathers, el actor que hizo de Apollo Creed en la película *Rocky*, y que también protagonizó *Predator* junto a Arnold Schwarzenegger, jugó dos temporadas con los Raiders de Oakland en la década de 1970. Usaba la camiseta número 49.

106

Los Vaqueros de Dallas son el equipo más caro
de la NFL y el segundo de los Estados Unidos después
del equipo de béisbol de los Yankees de Nueva York.

107

La lista de espera para tener un abono de temporada
en el Lambeau Field, casa de los Empacadores
de Green Bay, supera las 80 mil solicitudes cada año.

108

El *quarterback* Troy Aikman realizó toda su carrera
con los Vaqueros de Dallas, a quienes con la ayuda
de sus compañeros Emmitt Smith y Michael Irvin
llevó a conseguir tres campeonatos de la NFL.

109

Joe Montana comenzó su carrera como *quarterback*
con los San Francisco 49ers y los llevó a conquistar
cuatro de los cinco títulos de Super Bowl que ostenta
el equipo. Además, fue nombrado en tres ocasiones
el Jugador Más Valioso del Super Bowl.

110

Russell Wilson es el primer *quarterback* en la historia
de la NFL en llegar a un máximo de 36 triunfos
en sus primeras 3 temporadas.

111

Brett Favre cuenta con el récord de la NFL
de 297 juegos consecutivos iniciados, 321 si se toman
en cuenta los partidos de postemporada.

112

El primer partido transmitido en televisión
fue Brooklyn Dodgers contra las Águilas de Filadelfia
de la temporada de 1939. El encuentro lo vieron
500 personas. Los Dodgers vencieron 23-14.

113

El estadio de los Bengalas de Cincinnati también
es conocido como *La Jungla* dado que, "Bengalas" hace
referencia al tigre de Bengala y la jungla es su hábitat.
Por eso, en los partidos también suena la canción
"Welcome to the Jungle" de Guns N' Roses.

114

La NFL tiene planeado continuar con la International
Series hasta 2025 y afianzarse en el Reino Unido,
México, China y Brasil.

115

El fútbol americano es un deporte de contacto en el que
dos equipos de jugadores intentan llevar el balón a la zona
de anotación o patearla entre los postes. El equipo atacante
tiene 4 intentos (downs) para avanzar 10 yardas (9 metros).
Una vez que lo logra tiene 4 intentos más para avanzar
otras diez yardas. Cada intento permite un pase hacia
adelante, hacia un receptor o una corrida portando el balón,
y finaliza cuando el equipo rival derriba al portador
de la pelota o la pelota no es atrapada y cae al suelo.

116

Thomas Jesse Fears nació en Guadalajara, México.
Jugó para los Carneros de Los Ángeles de 1948 a 1956.
Fears fue el primer jugador en la historia de la NFL
en alinearse en la línea de *scrimmage* completamente
alejado del *tackle*, convirtiéndose en el primer
receptor abierto en la historia de la liga.

117

Terry Bradshaw fue *quarterback* de los Acereros
de Pittsburgh durante 14 temporadas. Ganó 4 títulos de
Super Bowl con los Acereros en 1974, 1975, 1978 y 1979,
siendo el primer *quarterback* en lograr esta hazaña.

118

**Tom Brady fue reclutado por los Patriotas de Nueva
Inglaterra recién en la sexta ronda del draft del año 2000.**

119

El *quarterback* de los Vaqueros de Dallas en la década
de 1990, Troy Aikman, comenzó su carrera colegial con
el equipo de los Sooners de la Universidad de Oklahoma
después de rechazar una oferta de los New York Mets
para jugar béisbol en las Ligas Mayores.

120

De las 14 franquicias que jugaron en la primera temporada
en 1920, hoy solo quedan dos en la liga: los Decatur Staleys
(hoy Osos de Chicago) y los Chicago Cardinals
(hoy Cardenales de Arizona).

En las 8 primeras temporadas de Dan Marino
con los Delfines de Miami el equipo se mantuvo con
el menor número de capturas de mariscal de campo.

En el 2008, Aaron Rodgers jugó su primer partido como
titular con los Empacadores. Fue contra los Vikingos de
Minnesota y ganaron 25-19. Fue la primera vez desde 1992
que un *quarterback* distinto a Brett Favre comenzaba un
partido como titular para los Empacadores de Green Bay.

El *quarterback* John Elway es el primer jugador
de esta posición que participó en cinco Super
Bowls como titular. Ganó dos (1997 y 1998).

El balón de fútbol americano tiene un diseño
aerodinámico, con lo cual produce menos resistencia
que el de rugby, y por lo tanto, es más eficiente
en los pases hacia adelante.

125

John Elway fue el primer *quarterback* que consiguió lanzar para más de 3.000 yardas y correr para más de 200 por temporada, durante 7 temporadas consecutivas. También fue el primero que logró anotar cuatro *touchdowns* por tierra en Super Bowls.

126

Eli Manning, hermano de Payton, fue 2 veces campeón en los Super Bowls XLII y XLVI y 2 veces MVP. *(De los mismos Super Bowls, claro, difícil que sea de algún otro, ¿no?).*

127

Uno de los equipos más fuertes y populares de principios de 1900 surgió de los terrenos baldíos y los espacios cercanos a las vías del tren de Columbus, Ohio. Joe Carr formó los Columbus Panhandles en 1907, con los hermanos Nesser como núcleo. Conocidos por su juego agresivo, el equipo se convirtió en una atracción importante, llamada "la familia de fútbol americano más famosa del país", según el Salón de la Fama de este deporte.

 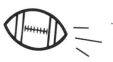

El 16 de octubre de 2016, Dak Prescott, el *quarterback* de los Vaqueros de Dallas, superó el récord de Tom Brady en más intentos de pases lanzados sin ninguna intercepción, con 176. Brady había llegado a 162.

Rodrigo Pérez Ojeda, más conocido como "El Goofy", es considerado el mejor *quarterback* mexicano de la historia.

En 1905, por la gran cantidad de víctimas mortales que ocasionaba el fútbol americano, el presidente estadounidense Theodore Roosevelt realizó una reunión con representantes de fútbol de las universidades de Harvard, Yale y Princeton donde habló sobre cómo lograr una reducción en las lesiones.

Ben Roethlisberger, siendo *quarterback* de los Acereros de Pittsburgh, lideró a su equipo para ganar el Super Bowl XL el 5 de febrero de 2006 y se convirtió en el *quarterback* más joven en lograr esta hazaña.

El primer estadio de los Broncos de Denver se llamaba
la "Milla Alta". Estaba a una altura un poco mayor a 1.600
metros y tenía una forma de herradura en la que el viento
corría de forma diagonal. Así, el balón siempre se desviaba
lo que, según se decía, daba ventaja al equipo local.

A mediados de 2006, Ben Roethlisberger sufrió un accidente
de motocicleta: se rompió la mandíbula y el hombro
izquierdo. Lo operaron 4 médicos durante 7 horas
para poder curarle varias fracturas faciales.

El primer juego profesional de fútbol americano
que se realizó en el Día de Acción de Gracias fue
el 24 de noviembre de 1892. Las Águilas Azores Montañeses
de Lehigh vencieron 21-0 al Athletic Club de Pittsburgh.

Kurt Warner llevó a los Cardenales de Arizona
al Super Bowl XLIII, el primero en la historia del
equipo. Fueron derrotados por los Aceneros 27 a 23.

Jack Kemp fue un *quarterback* que lideró
a los Buffalo Bills para lograr dos ligas consecutivas
en 1964 y 1965. Kemp fue el primer pasador de la historia
de la NFL en lograr más de 3.000 yardas por aire. En 1965
fue votado como el Jugador Más Valioso del campeonato.
Luego se dedicó a la política. Fue congresista por Nueva
York (1971-1989) y candidato del Partido Republicano
a la vicepresidencia de Estados Unidos en 1996.

La intercepción, junto con el *fumble*, es una de las
jugadas conocidas como *turnover* o pérdida de balón.
Sucede cuando un jugador defensivo atrapa un pase
del rival (casi siempre del *quarterback*) antes de que el
balón toque el suelo o salga del campo. El equipo contrario
obtiene automáticamente la posesión del balón,
teniendo la oportunidad de continuar esa misma jugada
para buscar la anotación, o como mínimo iniciar
una serie ofensiva en el punto donde sea derribado.

**Los Vaqueros de Dallas fueron el primer equipo en llegar
a más de 40 victorias en los Monday Night Football.**

139

La Universidad de Stanford tiene como mascota
un árbol con ojos y boca. La Universidad
de Syracuse tiene a Otto, la naranja.

140

El 2 de abril de 2010, jugando todavía profesionalmente,
Brett Favre obtuvo otro récord: su hija mayor, Brittany,
dio a luz a Parker Brett, haciendo con esto que Favre
sea el primer abuelo activo en la NFL.

141

Desde la década de 1920 hasta principios de 1940,
la mayoría de los jugadores eran similares en tamaño
porque los reemplazos estaban generalmente prohibidos.
A menudo jugaban en múltiples posiciones, ofensiva
y defensiva, incluidos los pateadores.

142

El *quarterback* Bob Griese llevó a los Delfines
de Miami a tres Super Bowls de manera consecutiva,
ganando los Super Bowls VII y VIII.

143

Siendo *coach* de los Broncos de Denver, Mike Shanahan
contabilizó la mayor cantidad de victorias en la historia
del fútbol americano profesional en un periodo
de 3 años: 46 entre 1996 y 1998.

144

En 2005, Vinny Testaverde se convirtió en el primer
quarterback de la historia en lanzar al menos un pase
de *touchdown* en 19 temporadas consecutivas.

145

"Formación escopeta" es una formación ofensiva que
no se usa frecuentemente, ya que dificulta realizar las
corridas porque el *quarterback* toma posición como a cinco
yardas por detrás del centro. Pero es ideal para situaciones
de pase por el tiempo que la defensiva toma para penetrar
y la facilidad que tienen los linieros para bloquear.

146

Byron White, quien jugó con los Piratas de Pittsburgh (hoy
Acereros) y los Leones de Detroit entre 1938 y 1941, llegó
a ser juez asociado de la Suprema Corte de Estados Unidos.

Alejandro Morales Troncoso, conocido como "El
Canario" por su cabello rubio, fue jugador y entrenador
de fútbol americano en México y fundó el Salón de
la Fama del Fútbol Americano de México. Desde 1992
organiza y entrega los Cascos de Oro, premio a los
mejores atletas y entrenadores que participan cada año
en las diferentes ligas de fútbol americano mexicano.

Brett Favre, ex *quarterback* de los Empacadores, actuó
junto a Cameron Díaz y Ben Stiller en la película *There's
something about Mary* (*Loco por Mary*, en español). Favre fue
la segunda opción de los directores para interpretar el papel
del exnovio de Mary en la película. La primera opción
había sido el ex *quarterback* Steve Young, pero este rechazó
la oferta por considerar que el guión era demasiado vulgar.

Samuel Baugh en su temporada como novato en 1937,
jugó como *quarterback*, defensivo y pateador para
los Pieles Rojas de Washington. Para cuando se retiró,
Baugh había logrado 13 récords de la NFL
en esas tres posiciones diferentes.

Roger Staubach, conocido también como "Roger el esquivador", "Capitán regresos" y "Capitán América", jugó para los Vaqueros de Dallas de 1969 a 1979 y se convirtió en el primer *quarterback* del equipo que ganó un Super Bowl (en la edición VI) y el premio al Jugador Más Valioso.

Mike Shanahan es el primer entrenador en la historia en ganar dos títulos de Super Bowl en sus primeros 4 años dirigiendo a un equipo. Y es el primer entrenador en haber dirigido dos equipos diferentes con una temporada de más de 500 puntos: los Broncos de 1998 anotaron 501 puntos y la ofensiva de Shanahan de San Francisco en 1994 anotó 505.

Para ser un posible candidato en el proceso de selección para entrar en El Salón de la Fama, el jugador debe haberse retirado por lo menos 5 años antes, y en caso de un entrenador, este también debe estar retirado. Dueños de equipos o cualquier otra persona relacionada al juego pueden ser seleccionados en cualquier momento.

153

El *quarterback* Jim Kelly llevó a los Buffalo Bills a cuatro apariciones consecutivas en el Super Bowl en 1990, 1991, 1992 y 1993: en las cuatro oportunidades fueron derrotados.

154

Jugando para Seattle, Russell Wilson empató con Peyton Manning el mayor número de pases para *touchdown* como novato en una temporada: 26.

155

Brett Favre es uno de dos primeros mariscales de campo en la historia de la NFL en lanzar para más de 70.000 yardas y el primero en lanzar más de 10.000 intentos de pase.

156

El *punt* o patada de despeje se usa cuando un equipo llega al cuarto *down* y se encuentra muy alejado de la zona de anotación rival como para intentar anotar un gol de campo o está demasiado cerca de su propia zona de anotación, por lo que sería arriesgado desperdiciar su último *down* y entregar el balón en ese punto del terreno de juego.

157

Los Browns de Cleveland ganaron todos los campeonatos celebrados en los cuatro años de vida de la AAFC, incluyendo una temporada invicta de 15-0 en 1948.

158

Steve Young fue nombrado como el Jugador Más Valioso del Super Bowl XXIX y seleccionado al Salón de la Fama en 2005, siendo el primer *quarterback* zurdo en lograr estos reconocimientos.

159

Los Acereros de Pittsburgh cuentan con una numerosa afición apodada "Steeler Nation".

160

Leo Joseph Nomellini jugó con los San Francisco 49ers en la década de 1950. Cuando la temporada de fútbol americano terminaba, Nomellini frecuentemente era luchador profesional, haciéndose llamar "The Lion" Nomellini.

161

El origen del uso de las señales de mano por parte
de los árbitros proviene de un partido universitario de 1929
entre Syracuse y Cornell. Antes de la patada inicial,
los comentaristas de radio de ese partido se acercaron
al árbitro principal, Elwood Geiges, con una idea para
mejorar su transmisión: le pidieron que implementara
señales para hacerles saber qué infracciones cobraba
y por qué detenía el partido. Así, Geiges inventó cuatro
señales simples: fuera de juego, sujetando,
movimiento ilegal y tiempo muerto.

162

Charles Bednarik, que jugó para las Águilas
de Filadelfia desde finales de 1940 hasta principios de
1960, fue uno de los más importantes tackleadores
en la historia del fútbol americano y fue también el
último jugador que participó tanto en los equipos ofensivos
como en los defensivos de manera regular en la NFL.

163

Jim Brown jugó para los Browns de Cleveland
de 1957 a 1965. También fue actor. Actuó en
numerosos éxitos como "Río Conchos".

 **164**

En el principio de la película *Any Given Sunday*
(*Un domingo cualquiera*), protagonizada por Al Pacino,
Cameron Díaz y dirigida por Oliver Stone, se escucha una
frase de Vince Lombardi: "Creo firmemente que el mejor
instante del hombre, la mayor satisfacción de todo lo que
ha querido, es cuando ha entregado su corazón a una buena
causa y yace exhausto en el campo de batalla, victorioso".

 **165**

La All-America Football Conference (AAFC) fue
una liga profesional de fútbol americano que desafió
a la NFL de 1946 a 1949, año en que ambas ligas
se fusionaron. Tres equipos de esta liga fueron
admitidos en la NFL: los Browns de Cleveland,
los San Francisco 49ers y los Potros de Baltimore.

166

La ciudad de Detroit tuvo cuatro equipos en la NFL antes
de los Leones de Detroit. Los Heraldos jugaron en 1920. Los
Tigres, una continuación de los Heraldos, jugaron en 1921,
abandonando a mitad de temporada. También estuvieron
Los Panteras de 1925-1926 y los Wolverines en 1928.

Los Columbus Panhandles fueron fundados en 1901
por los trabajadores en las tiendas Panhandle de los
Ferrocarriles de Pensilvania. Jugaron en la Ohio League
de 1907-1919, sin ganar un campeonato. Luego fueron
miembros fundadores de la NFL. A los Panhandles
se les acredita el hecho de jugar el primer partido
de la NFL contra otro oponente de la NFL.

El nombre de "Indians" fue utilizado para dos equipos
de la NFL con sede en Cleveland. El primero fue en
1921, cuando los Tigres de Cleveland se convirtieron
en los "Cleveland Indians", antes de retirarse a fin
de ese mismo año. Un segundo equipo "Indians" de la
NFL se presentó en 1923. Pero tras esa temporada cambió
su nombre a Bulldogs de Cleveland en 1924.

Según una encuesta realizada por la revista
Sports Illustrated, los aficionados de las Águilas de
Filadelfia son los fans más intimidantes de la NFL.

Los Dayton Triangles fueron una de las franquicias originales de la NFL. El punto más alto de la temporada de 1920 para los Triangles fue un empate por 20-20 en su estadio contra los Canton Bulldogs de Jim Thorpe. Fue la primera vez que un equipo podía anotarles tres *touchdowns* a los Bulldogs desde 1915.

Clip o *clipping* es el "golpe por la espalda debajo de la cintura". Es un bloqueo ilegal, durante el cual, un liniero ofensivo golpea, empuja o bloquea por detrás a un adversario que no lleva la pelota. Se castiga con 15 yardas en contra del equipo ofensivo, a partir del punto en que se cometió.

El ex *quarterback* Dan Marino es poseedor de muchos récords de la NFL en la categoría de pases, aunque solo llegó a un Super Bowl en 1985, en el cual su equipo, los Delfines de Miami, perdieron ante los San Francisco 49ers.

173

La ciudad de Duluth, Minnesota, tuvo un equipo de fútbol profesional llamado Kelleys de 1923 a 1925 y Eskimos de 1926 a 1927 en la NFL. Se retiraron de la liga después de la temporada 1927. La película *Leatherheads* (*Jugando Sucio*), dirigida y protagonizada por George Clooney, está basada en parte en la historia de este equipo.

174

Paul Brown es considerado como el "padre de la ofensiva moderna" y como uno de los más grandes entrenadores de fútbol americano de la historia. Dos estadios llevan su nombre: el Paul Brown Tiger Stadium en Ohio, y el Paul Brown Stadium, actual sede de los Bengalas de Cincinnati.

175

Los Boston Braves luego se convirtieron en los Pieles Rojas de Washington.

176

Tom Landry fue el primer entrenador en jefe de los Vaqueros de Dallas y permaneció en la posición durante 29 temporadas: de 1960 a 1988.

El *touchdown* comenzó a valer a 6 puntos en 1912.

Los "Steagles" fue el nombre para el equipo creado por la fusión temporal de dos equipos de la NFL, los Acereros de Pittsburgh (Steelers) y las Águilas de Filadelfia (Eagles), durante la temporada 1943. Los equipos se vieron obligados a unirse porque ambos habían perdido muchos jugadores debido al servicio militar durante la Segunda Guerra Mundial. El libro oficial de registro de la liga se refiere al equipo como "Phil-Pitt Combine".

Los Patriotas de Nueva Inglaterra en un principio se llamaban Boston Patriots. "Patriotas" es en homenaje a los que lucharon en la guerra de independencia en Estados Unidos.

Joe Montana empezó a jugar fútbol americano cuando tenía 8 años de edad. Su padre falsificó los datos haciéndole pasar por un niño de 9.

181

Earl Louis "Curly" Lambeau fue fundador, jugador
y el primer *coach* de los Empacadores de Green Bay.
Fue miembro de la primera generación de inducidos en
1963 al Salón de la Fama. El campo de los Empacadores
cambió su nombre a Lambeau Field en 1965, posterior
a la muerte de Curly en junio de ese mismo año.

182

**Bill Belichick fue el primer entrenador en ganar
cinco Super Bowls, siempre dirigiendo a los Patriotas.**

183

Los Boston Braves (que luego se convirtieron
en los Pieles Rojas de Washington), se llamaban
así ya que compartían el mismo campo que el equipo
de béisbol llamado... Boston Braves.

184

Jack Lambert jugó como *linebacker* con los Acereros
por 11 años y fue nombrado el novato defensivo
del año en 1974. Sus fanáticos se hacían llamar
los "Lunáticos de Lambert".

185

En 1896, las reglas obligaron a que al menos 5 hombres permanecieran alineados frente al balón hasta que este sea centrado. También limitaron el movimiento de los jugadores ofensivos hasta que el balón estuviera en esa posición, evitando así las jugadas basadas en el ímpetu brutal.

186

En la película *The Longest Yard* (*Golpe bajo: el juego final*), protagonizada por Adam Sandler, un jugador y un entrenador están cumpliendo una condena en la misma prisión y juntos deciden formar un equipo que juegue contra el de los guardias.

187

George Marshall fue dueño y presidente de los Pieles Rojas de Washington. Introdujo innovaciones como los espectáculos de gala al medio tiempo, una banda musical y la canción de pelea "Hail to the Redskins", una de las más famosas de la NFL. Marshall también sugirió cambios para abrir más el juego e incrementar los marcadores, como permitir que un pase fuera lanzado en cualquier lugar detrás de la línea de golpeo; o mover los postes desde la línea de gol al fondo de la zona de anotación.

Michael Lewis "Big" Webster, que jugó entre 1974 y 1990 con los Acereros de Pittsburgh y los Jefes de Kansas City, fue el primer jugador de la NFL diagnosticado con Encefalopatía Traumática Crónica (CTE). Su muerte en 2002 (a los 50 años) reinstaló el debate sobre la seguridad del jugador. Sus doctores opinaban que múltiples contusiones durante su carrera dañaron su lóbulo frontal, lo cual causó una disfunción cognitiva.

A principios de la década de 1990, cuando Pete Carroll fue coordinador defensivo de los Jets, recompensaba con un castor disecado al jugador de su equipo que provocaba un *fumble*. El castor simboliza el trabajo duro y constante. Aunque este premio no iba acompañado de ningún tipo de recompensa económica, los jugadores consideraban todo un honor y un orgullo poseer el castor por una semana.

Marv Levy fue entrenador en jefe de los Buffalo Bills desde 1986 a 1997, llevando al equipo a ganar cuatro campeonatos de la Conferencia Americana, pero ningún Super Bowl.

Joseph F. Carr fue uno de los miembros fundadores de la American Professional Football Association y su primer presidente oficial. Tras cambiar el nombre de la liga por el actual NFL en 1922, siguió conduciéndola hasta su muerte en 1939. Bajo su liderazgo, la NFL emergió como la liga de fútbol americano profesional dominante en Estados Unidos. Consideró que era necesario un contrato profesional para los jugadores. Otro aporte de Carr fue la prohibición impuesta a los jugadores universitarios para no poder enrolarse en equipos profesionales.

Dos horas antes de comenzar el Super Bowl LI, la cantante Lady Gaga estuvo en el campo lanzando algunos pases a un asistente con la pelota oficial del partido.

Los Acereros fueron originalmente fundados por Art Rooney como los Piratas de Pittsburgh el 8 de julio de 1933, tomando su nombre original del equipo de béisbol de la ciudad, práctica común de los equipos de la NFL en aquel momento.

Samuel Baugh fue el último miembro sobreviviente de los 17 miembros fundadores del Salón de la Fama de la NFL. Tras su muerte en 2008, los Pieles Rojas retiraron su número, el 33 (el primero retirado de manera oficial por el equipo de Washington).

Los Vaqueros de Dallas lograron 20 campañas ganadoras consecutivas: de 1966 a 1985.

Debido a la falta de jugadores, en 1944 los Acereros de Pittsburgh volvieron a pedir otra unión para seguir jugando durante la Segunda Guerra Mundial. Así, se fusionaron con los Cardenales de Chicago para llamarse los Card-Pitt. Al terminar la guerra la fusión se disolvió.

Los Jets de Nueva York fueron fundados en 1960 e ingresaron con el nombre de Titanes de Nueva York en la American Football League. En 1962 cambiaron su nombre por el actual.

198

El Torneo Nacional de la NFL de Fútbol Americano
con Banderas para Campeones Jóvenes se celebra
anualmente. El campeonato de 2011 atrajo a más
de 300 atletas que jugaron para 24 equipos de EE.UU.
y 8 equipos mexicanos.

199

Los fanáticos de los Halcones Marinos de Seattle
consiguieron dos veces el Récord Guinness por lograr
el mayor ruido en un evento deportivo. El primero
ocurrió el 15 de septiembre de 2013, donde se registraron
136.6 decibeles durante un partido contra los San Francisco
49ers. El 2 de diciembre de 2013, durante un partido contra
los Santos de Nueva Orleans, superaron la marca anterior
con 137.6 decibeles. Sin embargo, el récord fue batido el 29
de septiembre de 2014: los fans de los Jefes de Kansas City
alcanzaron los 142.2 decibeles en el Arrowhead Stadium.

200

Los Gigantes de Nueva York jugaron su primer encuentro
contra los All New Britain en Connecticut el 4 de octubre
de 1925 y ganaron 26 a 0 frente a 10.000 espectadores.

201

Montevideo Bulldogs fue un equipo de fútbol americano de Uruguay, que compitió en la Liga Uruguaya de Football Americano (LUFA). En 2009 se fusionó con Montevideo Sharks para crear un nuevo equipo, los Spartans Uruguay.

202

Los Colts tenían sede en la ciudad de Baltimore y sus orígenes se remontan a los Halcones Marinos de Miami, una de las franquicias fundadoras de la desaparecida AAFC en la década de 1940. Después de una temporada desastrosa, los Halcones Marinos fueron confiscados por la liga, siendo comprados y reorganizados por un grupo de empresarios de Baltimore.

203

Madden NFL es una saga de videojuegos de fútbol americano. Su nombre hace honor a John Madden, ganador del Super Bowl como entrenador de los Raiders de Oakland en 1977. Este es uno de los primeros títulos de deportes en videojuegos y uno de los más populares de la historia. La versión para PlayStation 2 de Madden NFL 07 fue el videojuego de mayor venta en Estados Unidos durante el 2006.

204

Los Gigantes de Nueva York juegan en el MetLife Stadium,
su nuevo estadio inaugurado en 2010. Hasta entonces
jugaban en el Giants Stadium, que fue demolido. En 2009
el cantante Bruce Springsteen dio el último concierto en el
Giants Stadium con una canción compuesta especialmente
para la ocasión: "Wrecking Ball" ("Bola de demolición"),
dedicada a la destrucción del histórico estadio.

205

"Dick" Butkus en su año como novato con los Osos de
Chicago terminó como líder de su equipo en tackleadas,
intercepciones, balones forzados y balones recuperados.
Butkus recuperó 25 balones como jugador profesional,
un récord de la liga en la época en que se retiró. Apareció
en la portada de *Sports Illustrated* en 1970 con la leyenda
de "El Hombre Más Temido del Juego".

206

Los Vaqueros tienen el récord de la NFL de más juegos
consecutivos con estadios llenos. La racha de 160
juegos de temporada regular y postemporada con
todas las localidades vendidas comenzó en 1990,
con 79 juegos de local y 81 como visitantes.

En 1925, la liga pensó que necesitaba un equipo
en Nueva York para llamar realmente la atención.
El fútbol americano colegial era todavía más
popular que el profesional. Tim Mara, un hombre
que había hecho fortuna como corredor de apuestas,
fue contactado por el comisionado de la liga, que le
ofreció la franquicia por 500 dólares. Mara aceptó
y así nacieron los Gigantes de Nueva York.

El Trofeo Heisman es el premio que se otorga
cada año al mejor jugador de fútbol americano
universitario de los Estados Unidos.

El Tazón de Estrellas es un bowl de postemporada
organizado por la CONADEIP que se celebra desde 2009
en México. Lo disputan dos selecciones de jugadores
universitarios. Una está formada por jugadores mexicanos
de equipos de la CONADEIP y otra por jugadores de la
División III de la NCAA de los Estados Unidos. El equipo
estadounidense se denomina "Team Stars & Stripes".

210

Los Osos de Chicago ganaron nueve campeonatos
de la NFL y un Super Bowl. Es uno de los
equipos que más jugadores con números
retirados tiene en el Salón de la Fama.

211

Ignacio Saturnino "Lou" Molinet fue el primer jugador
de fútbol americano profesional hispanoamericano nacido
fuera de los Estados Unidos que jugó en la NFL. En 1927
fue miembro de los Frankford Yellow Jackets.

212

Cuando el Lambeau Field se inauguró, en 1957, tenía
una capacidad para 32.150 personas. El estadio se amplió
varias veces desde 1961. Y desde 2005 posee 81.435 butacas.

213

Lester Hayes, defensivo de Oakland y gran fan
de Star Wars, durante las entrevistas previas
al partido para el Super Bowl XVIII, se declaró
el "único verdadero Jedi" en la NFL.

214

Los Cuervos de Baltimore se crearon en 1996, cuando el entonces dueño de los Browns de Cleveland, Art Modell, anunció planes para reubicar la franquicia en Baltimore. Como parte de un acuerdo entre la NFL y la ciudad de Cleveland, Modell estuvo obligado a dejar el nombre, los colores y el patrimonio en Cleveland por un equipo de sustitución que debutó en 1999. A cambio de los Browns, se le permitió llevar a sus jugadores a Baltimore.

215

El gol de campo bajó a 4 puntos en 1904 y en 1909 a los actuales 3 puntos.

216

El Rose Bowl se disputa entre equipos de la División I de la NCAA. Se celebró por primera vez en 1902 y anualmente desde 1916. El Estadio Rose Bowl de Pasadena, California, ha sido sede del partido desde 1923 hasta la actualidad, con una sola excepción en 1942. El partido generalmente enfrenta al campeón de la Big Ten Conference con el de la Pacific-12 Conference. Se disputa el día de Año Nuevo con algunas excepciones, por ejemplo, cuando el 1 de enero es domingo, en tal caso el partido se celebra el día siguiente.

El jugador número 12 hace referencia al apoyo de los fans y aficionados de los Halcones Marinos de Seattle. Antes de cada patada de salida como locales, los Halcones Marinos saludan a sus fans, quienes izan una bandera gigante con el número 12 en el extremo sur del estadio.

El colombiano Fuad Reveiz jugó en la posición de pateador para los Delfines de Miami, Cargadores de San Diego y Vikingos de Minnesota. Logró acertar 188 goles de campo y 367 puntos extra a lo largo de sus 11 años de carrera profesional en la NFL y fue seleccionado al Pro Bowl en 1993.

A principios de la década de 1960, durante los 6 meses fuera de temporada, los jugadores tenían otros trabajos para complementar sus ingresos. En 1961, el ala defensiva Willie Davis enseñaba dibujo técnico a estudiantes. El apoyador Jim Houston abrió una compañía de seguros y planificación financiera. Y el entrenador Chuck Noll era vendedor.

Michael Irvin, exreceptor de los Vaqueros de Dallas y miembro del Salón de la Fama, al retirarse, actuó en el film *El Clan de los Rompehuesos* (*The Longest Yard*).

El *quarterback* Kurt Warner jugó con los Carneros de Los Ángeles de 1998 a 2003, donde obtuvo 2 MVP. También fue el Jugador Más Valioso en el Super Bowl XXXIV. De 1994 a 1997, Warner jugó en la Arena Football League para los Iowa Barnstormers y es considerado como uno de los mejores jugadores de la historia en esa liga.

En 1912 se modificó el reglamento y se instituyeron los cuatro *downs* u oportunidades para conseguir un avance de diez yardas, y tras lograrlo, repetir el "primero y diez" nuevamente. Además, se modificó el punto para patear de *kickoff*, colocándolo en la yarda 40 perteneciente al equipo que pateaba.

El Orange Bowl se disputa entre equipos de la División I
de la NCAA cada año desde 1935. Tiene la misma
antigüedad que el Sugar Bowl y el Sun Bowl,
por lo que empata con estos dos en el segundo puesto
de los Bowls universitarios más antiguos,
siendo superados solo por el Rose Bowl.

**En sus comienzos en la NFL, los Bucaneros
de Tampa Bay perdieron los primeros 26 partidos.**

El 2 de febrero de 2014, los Halcones Marinos de Seattle
ganaron su primer campeonato de Super Bowl,
derrotando a Denver 43-8.

La temporada más exitosa de los Bucaneros de Tampa
Bay fue la del 2002. Ganaron el Super Bowl por primera
vez, superando a los Raiders de Oakland por 48-21.

227

Los 49ers fueron la primera franquicia deportiva profesional con sede en San Francisco y uno de los primeros equipos deportivos profesionales de la costa oeste de los Estados Unidos.

228

Aldo Osborn Richins es considerado como el primer jugador profesional de fútbol americano de origen mexicano y, oficialmente incluido como parte del equipo campeón de la NFL de 1935, los Leones de Detroit. Richins nació en Colonia Díaz, pueblo ubicado en el estado de Chihuahua, México, en 1910.

229

Cuando nacieron los Gigantes de Nueva York tenían el mismo nombre que el equipo de béisbol de esa ciudad. Para distinguirse, decidieron llamarse New York Football Giants. Aunque el equipo de béisbol en 1957 se trasladó a San Francisco, el de la NFL continuó usando el nombre de "New York Football Giants" como su nombre corporativo.

230

Los San Francisco 49ers ganaron 5 campeonatos
de Super Bowl en 14 años entre las temporadas 1981 y 1994.
Cuatro de esos campeonatos fueron en la década de 1980.

231

Don Shula entrenó a 5 diferentes *quarterbacks*
que llegaron al Super Bowl: John Unitas y Earl Morrall
en 1968, Bob Griese en 1971, 1972 y 1973, David Woodley
en 1982 y Dan Marino en 1984.

232

Desde el Super Bowl XXV, al ganador del Super Bowl MVP
se le entrega el Trofeo Pete Rozelle, llamado así en honor
de quien fue comisionado de la NFL de 1960 a 1989.

233

Jugando para los Vaqueros de Dallas en 1976, el mexicano
Efrén Herrera fue líder de la NFL en porcentaje de goles
de campo anotados, junto con Rich Szaro, con 78.261.
Y en 1977 fue líder de la NFL en puntos extra anotados,
junto con Errol Mann, con 39.

234

Al Davis fue el principal propietario y gerente general de los Raiders de Oakland desde 1972 hasta su muerte, en 2011, siendo antes su entrenador en jefe entre 1963 y 1965. Fue también comisionado de la AFL en 1966. Bajo su liderazgo, la AFL se fusionó con la NFL, dando origen al Super Bowl y a la actual configuración de la liga en dos conferencias. Los Raiders se transformaron, durante su mandato, en uno de los equipos más representativos y exitosos, ganando tres Super Bowls: 1976, 1980 y 1983.

235

Según las reglas de la NFL y la NCAA, hay dos líneas de *scrimmage*: una que restringe al ataque y otra a la defensa. El área entre las dos líneas se denomina zona neutral y solo el centro atacante tiene la posibilidad de tener alguna parte de su cuerpo en esta zona.

236

Tony Dorsett fue el primer jugador de la historia que ganó el Trofeo Heisman, el Super Bowl y el campeonato colegial. Fue incluido tanto en el Salón de la Fama universitario como en el profesional.

El uso de protecciones para la cabeza en el fútbol americano se remonta a 1896. George Barclay, de los Lafayette Leopards, comenzó a utilizar orejeras y tiras de cuero para proteger su cráneo. También diseñó un casco con protección para los oídos y una banda que se sujetaba a la barbilla. La protección fue realizada por un fabricante de arneses para caballo. Estaba hecha para evitar una deformidad común en los deportes de contacto: la "oreja de coliflor" o hematoma auricular, que puede desarrollarse por golpes fuertes en la zona del oído.

En 2016, siendo receptor de los Cardenales de Arizona, Larry Fitzgerald terminó como el líder en recepciones de la NFL (107) por segunda vez en su carrera. Es el primer jugador en la historia de la liga en liderar en recepciones con 11 años de diferencia entre una y otra.

En agosto de 2015 se dio a conocer que los Vaqueros de Dallas eran la segunda franquicia más cara del mundo, con un valor superior a los tres mil doscientos millones de dólares *(que en números se ve así: 3.200.000.000).*

240

Albert Glen "Turk" Edwards fue un tackle ofensivo campeón de la NFL en 1937. Su carrera fue acortada por una rara lesión. Se lastimó en una ceremonia de un cara o cruz antes de un partido contra los Gigantes de Nueva York en 1940. Después de escoger en ese "volado" y saludar al capitán de los Gigantes, Edwards intentó girar para regresar con sus compañeros, pero sus zapatos se atoraron en el pasto y su rodilla lastimada se volvió a lesionar, acabando con su carrera.

241

Hasta 2017, los Empacadores de Green Bay contaban con el mayor número de victorias en un mismo estadio en la historia de la NFL.

242

Ray Flaherty fue entrenador en jefe de los Pieles Rojas de Boston/Washington de 1936 a 1942, donde ganó cuatro títulos de división y dos campeonatos de la NFL. A pesar de que ganó dos de tres enfrentamientos en contra de Chicago en juegos de campeonato, es más recordado por el juego de campeonato de 1940: los Pieles Rojas perdieron 73 a 0 contra los Osos.

243

El anillo más caro de la historia del Super Bowl fue
el que recibieron los jugadores de los Empacadores
de Green Bay en 1966, el primero de la historia.
Fue fabricado en oro de 14 kilates, pesaba 38 gramos y tenía
un diamante al centro con un valor de 20 mil dólares.

244

Red Grange, jugando para la Universidad de Illinois el 18 de
octubre de 1924 contra Michigan, regresó la patada inicial
para un *touchdown* de 95 yardas y anotó 3 *touchdowns*
más en 3 acarreos de 67, 56 y 45 yardas en los primeros
doce minutos. Descansó todo el segundo cuarto y regresó
después del medio tiempo anotando otros 2 *touchdowns*,
para un total de 6 *touchdowns* en un solo juego.

245

"Mel" Renfro fue un defensivo que jugó 14 años
con los Vaqueros de Dallas, pero también fue estrella
de atletismo. Renfro formó parte de un equipo de relevo
que estableció el récord mundial de 440 yardas en 1962,
con un tiempo de 40 segundos.

246

Estos fueron los miembros fundadores del Salón
de la Fama en 1963: Red Grange, Sammy Baugh,
Bert Bell, Joseph Carr, Dutch Clark, George Halas, Pete
Henry, Cal Hubbard, Don Hutson, Curly Lambeau,
Tim Mara, George Preston Marshall, John McNally,
Bronko Nagurski, Ernie Nevers y Jim Thorpe.

247

Darrell Green jugó en la posición de *cornerback* para
los Pieles Rojas de Washington desde 1983 hasta 2002.
Además, en atletismo, Green impuso numerosas
marcas nacionales. En 1982 corrió en 10.08 segundos
los 100 metros planos. Y como estudiante de primer
año, venció al futuro multimedallista olímpico
Carl Lewis en los 100 metros planos. Lewis jamás
se volvió a enfrentar a Green.

248

En el Super Bowl XXVII, los Vaqueros de Dallas vencieron
por 52-17 a los Buffalo Bills. Los Bills perdieron el balón
9 veces: 5 *fumbles* y 4 pases interceptados. Treinta y cinco
de los puntos de los Vaqueros surgieron de esas pérdidas,
incluyendo tres *touchdowns* de la primera mitad.

 **249**

La esperanza de vida media del hombre en EE.UU. es de 76 años, y la de los jugadores de la NFL, de 57.

 **250**

El sistema de elección del draft es el siguiente: el equipo con peor balance de victorias y derrotas de la última temporada disputada es quien elige primero, siendo el segundo en elegir el que segundo peor balance presente y así sucesivamente. Con independencia del resultado final de la temporada regular, las dos últimas elecciones se reservan para los dos equipos que han disputado el Super Bowl, siendo su ganador el último en escoger.

 **251**

Art Rooney, siendo dueño de los Acereros de Pittsburgh, fue el primer propietario de la NFL que ganó cuatro Super Bowls con un equipo.

 **252**

En el fútbol americano no hay límite en el número de sustituciones y por ello existen jugadores especializados en tácticas y juegos concretos.

253

El 21 de octubre de 1990, Robert Riggins y Joe
Theismann fueron inducidos al "Anillo de la fama"
de los Pieles Rojas de Washington. Cuando fue mencionado
su nombre, Riggins corrió hacia el campo de juego vestido
por completo con el uniforme de los Pieles Rojas y el
público lo ovacionó. Riggins más tarde explicó: "Solo
quería escuchar el rugido de la multitud una vez más".

254

El Memorial Stadium de Michigan fue construido en
memoria de los estudiantes y egresados de la Universidad
de Illinois que sirvieron en la Primera Guerra Mundial.

255

En su primera temporada como titular, Tom Brady condujo
a los Patriotas de Nueva Inglaterra a la postemporada con
una marca de 11-5 y a ganar la División Este de la AFC.

256

En 1890 se estableció el *snap* desde el centro al *quarterback*.
Originalmente, el *snap* era ejecutado con el pie del centro.

Aproximadamente 18.500 toneladas de papas fritas
y palomitas son consumidas durante el domingo
del Super Bowl en Estados Unidos.

Siendo *quarterback* de los Halcones de Atlanta, Michael
Vick fue sentenciado en 2007 a 23 meses de prisión,
acusado de organizar peleas clandestinas de perros
y apuestas relacionadas a esta práctica ilegal en una
de sus propiedades. Vick salió de prisión en 2009
y el comisionado de la NFL levantó su suspensión
en la liga. Pero el dueño de los Halcones de Atlanta,
Arthur Blank, no deseaba que Vick regresara
a su equipo, por lo que lo liberó de su contrato.

Texas Earnest Schramm fue el primer presidente
y director general de los Vaqueros de Dallas en 1960.
Fue parte fundamental del ascenso de los Vaqueros
en la NFL hasta convertirse en un equipo de elite
que llegó a ser conocido como "El Equipo de América".
Bajo su gestión, los Vaqueros de Dallas jugaron
5 Super Bowls, de los cuales ganaron 2.

260

El corredor Barry Sanders promedió más de 1.500 yardas terrestres por temporada, pero se retiró a tan solo 1.457 yardas del primer lugar en la lista de corredores de todos los tiempos en ese entonces, Walter Payton. En 1997 corrió para más de 2.000 yardas por tierra en una temporada. Así, se volvió el tercer jugador en la historia en lograrlo. Fue el primero en correr para 1.500 yardas en cinco temporadas y el primero en hacerlo por cuatro años consecutivos.

261

Emmitt Smith junto a Michael Irvin y Troy Aikman formaron parte del trío ofensivo conocido como "The Triplets", ganadores de 3 títulos de Super Bowl para los Vaqueros de Dallas.

262

Radicado en Minneapolis, el equipo de Vikingos de Minnesota fue fundado por Max Winter en 1960 y comenzaron a jugar en la liga en 1961. Alcanzaron el Super Bowl en la década de 1970, cuando tuvieron un gran equipo defensivo, pero nunca han podido ganarlo. Hasta el 2017 han jugado en cuatro Super Bowls, perdiéndolos todos.

263

El *fullback* es uno de los cuatro jugadores del *backfield* ofensivo. Generalmente es el corredor más fuerte y pesado, y lleva la pelota en acarreos cortos, pero importantes para anotar o completar el primero y diez.

264

Red Grange fue miembro fundador tanto del Salón de la Fama universitario como del profesional.

265

Cada equipo de la NFL tiene que jugar dos veces al año contra los otros tres equipos de su división. También tiene que jugar cada temporada contra cada uno de los equipos de alguna división diferente a la propia dentro de su misma conferencia. Y juega una vez contra cada uno de los equipos de una división fuera de su conferencia. Hasta aquí tenemos 14 partidos. Para completar los 16, cada equipo los juega contra algún similar de cada una de las divisiones que quedan dentro de su misma conferencia. Los equipos a enfrentar se eligen de acuerdo al lugar en su división en la que hayan quedado en la temporada pasada.

266

El nombre "Santos" del equipo de Nueva Orleans
es una alusión al 1 de noviembre, que es el Día de Todos
los Santos en la fe católica, debido a que gran parte
de la población de Nueva Orleans profesa esa religión.

267

Barry Sanders impuso el récord colegial nacional por acarreo
para una sola temporada con 2.628 yardas en 1988.

268

Manuel Neri fue un entrenador y jugador mexicano
de fútbol americano universitario que se destacó
por ser uno de los más exitosos en ambos rubros
en la historia de la Liga Mayor, pues obtuvo un total
de 7 campeonatos, en dos ocasiones como jugador
y en cinco como entrenador. Fue miembro del
Salón de la Fama del Fútbol Americano en
México y su nombre aparece en la placa de la
sección mexicana del Salón de la Fama del Fútbol
Americano Profesional de Estados Unidos.

269

Tom Brady consiguió su primer anillo
de Super Bowl a los 24 años.

270

Cuando se jugaba al fútbol americano con el balón
de rugby inglés las jugadas de patada se ejecutaban de *drop*.
Es decir, el pateador tomaba la pelota entre sus manos,
la dejaba caer y le pegaba de sobrepique con el pie. El
último *drop* lo ejecutó en 1941 Ray McLean de los
Osos de Chicago, convirtiendo con éxito un punto
extra. El *drop* sigue siendo legal hoy en día, pero la
actual forma del balón lo hace muy complicado.

271

Stephen W. Van Buren, durante un ventoso juego
de Campeonato de 1948 en contra de los Cardenales de
Arizona, anotó el único *touchdown* de ese partido para
darles a las Águilas su primer título de liga, con marcador
de 7 a 0. Van Buren por poco no asiste a ese partido.
Creyendo que el juego no se llevaría a cabo por el mal
tiempo, permaneció en su casa hasta que su entrenador lo
llamó para comunicarle que sí jugarían. Tuvo que tomar
3 trolebuses y caminar 12 cuadras para llegar a tiempo.

272

Art Rooney fue el fundador de los Acereros
de Pittsburgh, equipo que administró desde su fundación
en 1933 hasta su muerte en 1988. Tiene una estatua hecha
a su semejanza y adorna la entrada de la sede de los
Acereros, el Heinz Field. También tiene una calle
a su nombre en la ciudad de Pittsburgh.

273

Florida Gators es el nombre de los equipos deportivos
de la Universidad de Florida. El equipo de fútbol
americano se creó en 1906. Hasta 2017, tres de sus
jugadores han conseguido el prestigioso Trofeo Heisman:
Steve Spurrier (luego fue entrenador en jefe), Danny
Wuerffel y Tim Tebow (primer jugador de segundo año
en conseguirlo). El estadio es conocido como "The
Swamp" (El pantano) sobrenombre dado por el entrenador
Spurrier bajo el lema "Solo los Gators salen vivos de él".
A la afición se le conoce como "The Swamp
Things" (Las cosas del pantano).

274

**Ernie Stautner fue el primer jugador
en tener su número retirado (el 70) por los Acereros.**

Lamar Hunt fue un promotor estadounidense de fútbol americano, baloncesto, tenis y hockey sobre hielo; e integrante de salones de la fama de tres deportes diferentes. Fue el principal fundador de la Liga Americana de Fútbol (AFL). Y también, fundador y propietario del equipo de los Jefes de Kansas City.

Jan Stenerud fue el primer pateador en ser incluido en el Salón de la Fama del Fútbol Americano Profesional. También fue el primer noruego en jugar en la NFL.

El equipo de fútbol americano de la Universidad de Alabama es uno de los más antiguos de los Estados Unidos: comenzó a competir en 1892.

Thurman Thomas fue uno de los primeros 6 corredores en tener más de 400 recepciones y más de 10,000 yardas por tierra. Walter Payton, Marshall Faulk, Marcus Allen, Tiki Barber y LaDainian Tomlinson fueron los otros cinco.

279

Don Shula dirigió a los Delfines de Miami, equipo con el que consiguió dos Super Bowls y la primera "temporada perfecta" en la historia de la NFL, sin derrotas.

280

"Formación I" es una formación ofensiva en la que el *quarterback* y dos corredores se alinean tras el centro, uno detrás de otro.

281

Wilson X Connected es un balón inteligente que puede analizar la eficiencia de la espiral medir la velocidad y distancia del lanzamiento, gracias a un sensor conectado a una aplicación digital.

282

El integrante del Salón de la Fama del Béisbol, Dave Winfield, había sido seleccionado en la ronda 17 del draft de 1973 por los Vikingos de Minnesota, a pesar de no haber jugado fútbol americano universitario. Al final se decidió por el béisbol.

283

Michigan State Spartans es el nombre de los equipos
deportivos de la Universidad Estatal de Michigan.
El equipo de fútbol americano se formó en 1884. Ganó
el Rose Bowl en las temporadas de 1953, 1955, 1987 y 2013.

284

En un momento de su vida el entrenador
Don Shula consideró convertirse en sacerdote
católico, pero decidió finalmente que no podía
comprometerse con ambas vidas.

285

Se considera una "falta personal" a una falta
que involucra contacto físico ilegal que pone
en riesgo la seguridad de otro jugador.

286

Lawrence Taylor, *linebacker* de los Gigantes
de Nueva York, promedió más de diez *sacks*
(capturas de *quarterback*) en cada temporada desde 1984
hasta 1990, incluyendo una marca personal de 20.5 en 1986.

Barry Sanders tiene el récord de la NFL
para la mayor cantidad de acarreos con yardaje
negativo. Son 336 acarreos para -952 yardas.

**El ganador de la Conferencia Nacional
de la NFL recibe el premio George Halas.**

"Jim" Thorpe ganó medallas de oro olímpicas en las
pruebas de pentatlón y decatlón, además de jugar al fútbol
americano, béisbol y baloncesto a nivel universitario y
profesional. En 1915 firmó con los Bulldogs de Canton por
un salario de 250 dólares por juego, un sueldo considerable
para esa época. Antes de que Thorpe firmara con Canton,
ese equipo promediaba 1.200 aficionados por juego. Cuando
debutó, 8.000 personas llenaron el estadio de los Bulldogs.

De todas las festividades de los Estados Unidos,
el Super Bowl está en segundo lugar en consumo
de comida, por detrás de Acción de Gracias.

Cam Newton, con los Panteras de Carolina,
fue el primer *quarterback* en la historia de la NFL
en ganar los premios Novato Ofensivo
del Año en 2011 y Jugador Más Valioso en 2015.

**Los colores de los Santos de Nueva Orleans son el oro
y el negro. Su logotipo es una flor de lis simplificada.**

Durante la pretemporada del 2005, el violento huracán
"Katrina" provocó el desastre total al sur de los Estados
Unidos, cerca del golfo de México, dejando la ciudad
de Nueva Orleans bajo el agua, lo cual obligó
al equipo de los Santos a buscar una sede temporal.

El Torneo Borregos 2009 fue una competencia
mexicana de fútbol americano entre los 4 equipos
universitarios del Instituto Tecnológico y de Estudios
Superiores de Monterrey, que tuvo su única
temporada en otoño de ese año.

295

El World Bowl era la final de fútbol americano
del campeonato de la World League of American Football
primero, y de la NFL Europa después.

296

Robert John Riggins, apodado "The Diesel"
o "La Locomotora", en su temporada de novato de 1971
con los Jets de Nueva York logró ser el líder del equipo
tanto en yardas por tierra como en recepciones.

297

Durante la década de 1990 hubo jugadores provenientes
de la NFL Europa, que luego partieron a la NFL. Entre
los más destacados están el pateador Adam Vinatieri y el
quarterback Kurt Warner, ambos ganadores del Super Bowl.

298

Hasta el 2017, 44 jugadores
y 10 entrenadores de Notre Dame han sido elegidos
para el Salón de la Fama de la NFL, el mayor número
de todas las universidades de Estados Unidos.

Johnny Unitas en 1959 fue el primer *quarterback* en lanzar para 30 *touchdowns* en una temporada.

Los equipos participantes de la NFL Europa fueron Frankfurt Galaxy, Rhein Fire, Berlin Thunder, Cologne Centurions, Hamburg Sea Devils, Amsterdam Admirals, Scottish Claymores, Barcelona Dragons, London/England Monarchs.

El número 16 que portaba Johnny Unitas en la Universidad de Louisville fue el primero retirado dentro del fútbol americano de dicha universidad.

"Pacífico-Atlántico Bowl" es una copa disputada por la selección de fútbol americano de Uruguay contra la selección de Chile. El primer enfrentamiento entre estos equipos se produjo el 23 de abril de 2011 y el triunfo fue para los uruguayos 14 a 2.

Los *safeties* son considerados como la última línea de defensa, y se espera que sean tackleadores seguros y confiables. Muchos *safeties* están ubicados dentro de los mejores golpeadores en la historia del fútbol americano. En la actualidad, hay un mayor enfoque en el juego aéreo porque deben estar más enfocados en las coberturas de receptores.

Cuando se fundó la World League of American Football en 1991, jugaban equipos europeos, canadienses y de los Estados Unidos.

Guy Chamberlin, siendo *coach* de los Bulldogs de Cleveland en la década de 1920, se convirtió en el primero en entrenar campeones de la NFL en 3 años consecutivos.

"Jim" Thorpe se retiró del fútbol americano profesional a los 41 años de edad, habiendo jugado 52 partidos para seis equipos diferentes desde 1920 hasta 1928.

307

El famoso himno espiritual "When the saints go marching in" ("Cuando los santos vienen marchando") está fuertemente asociado con Nueva Orleans y es a menudo cantada por los aficionados de los Santos durante los partidos.

308

Las temporadas 1991 y 1992 de la World League American Football (luego NFL Europa) tuvieron un promedio de 25.400 y 24.216 espectadores por partido.

309

Los Akron Pros fueron un equipo de la NFL que jugaron en Akron, Ohio, de 1920 a 1925 y como los Akron Indians en 1926. Los Pros ganaron el primer campeonato de la NFL en 1920.

310

El *quarterback* Cam Newton es conocido por hacer el "Dab" cada vez que anota un *touchdown*. El "Dab" es un paso de baile urbano en el que el bailarín deja caer la cabeza mientras está levantando un brazo y el codo, en un gesto que recuerda a un estornudo.

"La Kardashian fea" es una jugada que llevó a la práctica la escuela "Lewis and Clark". El *quarterback* recibió la pelota, señaló que vio algo en el cielo, el equipo contrario se distrajo mirando y él salió corriendo, pasando a todos los defensivos y anotando el *touchdown*.

Los Bulldogs de Canton jugaron en la NFL de 1920 a 1923 y de 1925 a 1926. Ganaron los campeonatos de 1922 y 1923. En 1924, Sam Deutsch compró al equipo y se llevó el nombre y a los jugadores a su franquicia de Cleveland, los Bulldogs de Cleveland. De 1921 a 1923, los Bulldogs jugaron 25 juegos consecutivos sin perder (incluyendo 3 empates).

Los Dayton Triangles fueron una de las franquicias originales de la American Professional Football Association en 1920. Tenían su base en Dayton, Ohio, y tomaron su nombre de su estadio local, el Triangle Park (con capacidad para 5.000 personas). Durante la década de 1970, los Dayton Triangles Soccer Club revivieron el nombre, pero jugando soccer juvenil.

Los Muncie Flyers (De Muncie, Indiana) jugaron
en la NFL de 1920 a 1921. Sus orígenes se remontan hasta
1905. Debido al poco apoyo de los aficionados de su ciudad
jugaron casi todos sus partidos como visitantes en 1922,
1923 y 1924. En 1925 se mudaron a Jonesboro, Indiana,
cambiando su nombre a Jonesboro Flyers,
y dejaron de existir en 1927.

Oorang Indians tenía sede en La Rue, Ohio. Todos
los jugadores eran nativos americanos, con Jim Thorpe
como capitán principal y entrenador. De los 20 partidos
que jugaron durante dos temporadas, entre 1922 y 1923,
solo uno fue de local. Con una población por debajo
de las mil personas, La Rue sigue siendo la ciudad
más pequeña para una franquicia de la NFL.

Los Texanos de Dallas en 1952 tuvieron marca de 1-11.
Fueron uno de los peores equipos en la historia de la NFL
al tener un porcentaje de victorias tan bajo. Después de esa
única temporada, muchos jugadores se fueron a la nueva
franquicia de los Potros de Baltimore en 1953.

A causa de la Primera Guerra Mundial y la pandemia de la gripe española de 1918, muchos equipos de fútbol americano entraron en receso por un año.

La primera elección del draft suele centrarse en el mejor jugador universitario del momento.

Kansas City tuvo un equipo en la NFL antes de los Jefes bajo dos nombres diferentes: los Blues en 1924 y los Cowboys desde 1925 hasta 1926. Los Blues compitieron como un equipo itinerante, jugando todos sus partidos de la NFL en los estadios de otras ciudades.

Bill Walsh fue entrenador tanto colegial como profesional. Se hizo famoso por crear la "Ofensiva de la Costa Oeste", toda una revolución en la NFL, y que está basada en una serie de pases cortos, de manera horizontal, para abrir la defensa y lograr luego opciones de pases más largos.

Jim Brown jugó 9 años en la NFL y obtuvo títulos
de líder de yardas para un corredor en 8 de esas campañas.
Es el primer jugador en tener un promedio de más
de 100 yardas por partido a lo largo de toda su carrera.

**Cuando una jugada de engaño de carrera termina
en pase, se le conoce como *Play-Action*.**

Joseph Napoleon Guyon fue un amerindio de la tribu
Ojibwa (Chippewa) y nació en la Reservación India
de White Earth, Minnesota. En 1927, Guyon se unió
a los Gigantes de Nueva York ayudándolos a ganar
el Campeonato de 1927 de la NFL.

Si un jugador que lleva el balón cae sin que algún jugador
contrario lo haya derribado, o por lo menos tocado, puede
levantarse y continuar con la jugada. Si cae solo y antes
de que se levante un jugador contrario lo toca, entonces
la jugada termina debido a un *down* por contacto.

325

Los Rochester Jeffersons de Nueva York jugaron
en la NFL de 1920 a 1925. El equipo fue formado
originalmente a principios del siglo XX. Alrededor
de 1908 un joven Leo Lyons se unió a este club
como jugador y dos años después estaba encargado
del manejo del equipo. En octubre de 1917 Lyons arregló
un partido contra los Bulldogs de Canton, donde jugaba
Jim Thorpe. El equipo de Thorpe les ganó por 41-0,
pero por la audacia de jugar en contra de los Bulldogs,
Lyons y su equipo ganaron mucha notoriedad,
y así lograron ser aceptados como miembros inaugurales
de la American Professional Football Association.

326

Arnold George Weinmeister, nacido en Canadá en 1923, con
solo 6 años como profesional tiene una de las carreras más
cortas que cualquier otro miembro del Salón de la Fama.

327

Los Santos de Nueva Orleans estuvieron veinte años
consecutivos sin tener una temporada ganadora.
Recién ganaron su primer partido de *playoff* en el 2000,
33 años después de que fueron creados.

328

En las décadas de 1960 y 1970, el máximo estándar
para un corredor era llegar a las 1000 yardas en una
temporada. En 1973, O. J. Simpson superó las 2.000 yardas
por tierra, una marca inimaginable en una temporada
de 14 juegos de temporada regular. Desde entonces,
la marca ha sido superada por Eric Dickerson con 2105,
y algunos otros corredores, pero todos lo hicieron
en una temporada de 16 juegos.

329

El fútbol americano en México se practicó de manera
informal durante la década de 1920 en diferentes
escuelas y universidades, principalmente
en las ciudades grandes del interior del país.

330

Arena Football League es una liga de fútbol americano
en campo cubierto que se disputa en Estados Unidos desde
1987. El juego se desarrolla en un estadio bajo techo,
típicamente de baloncesto o hockey sobre hielo,
más pequeño que el de fútbol americano al aire libre,
lo que resulta en un juego más rápido y de mayor
puntuación. Se disputa de abril a agosto.

331

Una jugada de carrera consiste en tres pasos: 1) El centro le entrega el balón al *quarterback*. 2) Este a su vez le entrega el balón al corredor. 3) En este momento, sucede una serie de acciones al mismo tiempo: la línea ofensiva abre un hueco en la defensiva empujando a los jugadores contrarios. El *fullback*, si es que está participando en la jugada, bloquea a uno o más jugadores defensivos que intentan tacklear al corredor. El corredor que lleva el balón, corta hacia el hueco que abrió la línea ofensiva, o en caso de que no lo haya logrado, deberá cortar hacia donde él considere mejor, de acuerdo a su criterio.

332

Los Empacadores de Green Bay fueron el primer equipo de la historia en ganar tres campeonatos consecutivos.

333

Desde 1946 a 1955, los Browns de Cleveland, bajo el mando de Otto Graham, uno de los mejores mariscales de todos los tiempos, llegaron a la final de diez partidos de campeonatos consecutivos, de las cuales ganaron siete. Los primeros cuatro campeonatos fueron en la All-American Football Conference.

334

Hasta su primer año como novato en la NFL
en los Cargadores de San Diego, en 2003, el ala cerrada
Antonio Gates no había jugado al fútbol americano
en ningún equipo salvo un año en el Central High School
de Detroit. Su deporte favorito era el baloncesto,
pero buscadores de talentos de la NBA le dijeron
que su altura no se correspondía con sus habilidades.

335

Desde 1988 hasta 1991, los San Francisco 49ers
ganaron 18 partidos consecutivos como visitantes,
sin incluir los dos Super Bowls que jugaron en 1988 y 1989.

336

De 1966 a 1985, los Vaqueros de Dallas tuvieron
20 temporadas ganadoras consecutivas, en las cuales
no fueron a la postemporada solo dos veces, en 1974 y 1984.

337

Los San Francisco 49ers lograron 55 puntos
en el Super Bowl XXIV disputado contra
Denver en 1989. Anotaron 8 *touchdowns*.

338

Con los Gigantes de Nueva York, Odell Beckham Jr.
se convirtió en el jugador con mayor número
de recepciones en las dos primeras temporadas: 187.

339

Cada equipo "decora" la zona de anotación a su manera.
La mayoría pone su logo o el nombre del equipo, o ambos
con los colores del equipo como fondo. Los Acereros
de Pittsburgh dejan una de las dos zonas de anotación
únicamente con líneas blancas inclinadas, decoración
que se utiliza en algunas escuelas y universidades.

340

Jorge Braniff convocó al primer campeonato formal de
fútbol americano de "Primera Fuerza" de México, celebrado
durante 1930. Resultó triunfador el Club Atlético Mexicano,
al derrotar 26 a 0 al Club Deportivo Venustiano Carranza.
Primer lugar que logró también en 1931 y 1932.

341

**Se le llama *Bomba* al pase largo y alto, lanzado
con la finalidad de anotar o de ganar muchas yardas.**

Hay entre 36 y 39 lugares en el equipo
de porristas de los Vaqueros de Dallas, pero en el primer
día de pruebas, en mayo, hay más de 500 mujeres
que compiten por un puesto.

En las reglas de 1872, un *touchdown* solo proporcionaba
la oportunidad de patear un tiro libre desde el campo.
Si el tiro se fallaba, la anotación no contaba.

Durante su carrera en Mississippi State, el *quarterback* Dak
Prescott impuso 15 récords de carrera, 15 récords
de temporada y 8 de partido, y condujo al equipo a ocupar
una posición No. 1 general en 2014 (la primera vez
en la historia de Mississippi State) y a un Orange Bowl.

En 2016, el *quarterback* Drew Brees acumuló 53.763 yardas
de pase en 11 temporadas con los Santos de Nueva Orleans
y se convirtió en el sexto mariscal de campo de la historia
en lanzar para más de 50.000 yardas con un único equipo.

346

Al balón de fútbol americano en Estados Unidos se lo conoce también como *"pigskin"* (piel de cerdo), aunque los balones oficiales nunca han sido hechos con piel de cerdo.

347

El nombre completo del *quarterback* Dak Prescott es Rayne Dakota Prescott.

348

En 1930, la US Steel Corporation creó un logo: la marca del acero o Steelmark, para promover la importancia del acero. El logo estaba conformado por 3 estrellas de color amarillo, naranja y azul y la palabra *Steel*. En 1962, la Republic Steel Company sugirió al dueño de los Acereros, Art Rooney, que adoptara la Steelmark para su equipo. Así lo hizo y desde entonces aparece en el lado derecho del casco, siendo el único equipo que luce su logo en un solo lado del casco.

349

Los Bills, con sus títulos de la AFL de 1964 y 1965, se convirtieron en el único equipo de la ciudad de Búfalo campeón de una liga profesional estadounidense.

350

Dion Lewis, de los Patriotas de Nueva Inglaterra,
se convirtió en 2017 frente a Houston en el primer
jugador en anotar un *touchdown* recibiendo un pase,
otro corriendo y otro devolviendo una patada
de despeje en un solo partido de postemporada.

351

El Levi's Stadium fue inaugurado en agosto de 2014
para sustituir al Candlestick Park como sede de los San
Francisco 49ers. El nombre se debe a su patrocinador,
Levi's, marca histórica de ropa. Es el primer estadio de
la NFL completamente sustentable: recicla el agua y
utiliza energía solar. Permite a los espectadores pedir
alimentos a sus asientos o ver repeticiones de las jugadas
desde diferentes ángulos con la app del estadio para su
smartphone. Además, los asistentes pueden convertirse
en jugadores en el museo interactivo del estadio.

352

En 1925 se instituyó el "volado", moneda lanzada
al aire para que los capitanes escogieran si su equipo
pateaba o recibía el balón al comienzo de un juego.

353

Cuando nació, Colin Kaepernick, *quarterback* de
los San Francisco 49ers, fue dado en adopción por su
madre Heidi Ruso, quien no contaba con los recursos
necesarios para garantizar su educación y desarrollo.

354

En 2016, el *head coach* Bill Belichick llegó
a 201 victorias con los Patriotas de Nueva Inglaterra
en temporada regular y se unió a George Halas
(318 con Chicago), Don Shula (257 con Miami), Tom Landry
(250 con Dallas) y Curly Lambeau (209 con Green Bay)
como únicos entrenadores en alcanzar a las 200 victorias
en temporada regular con una sola franquicia.

355

**En México, los Acereros de Pittsburgh
tienen aproximadamente 6 millones de seguidores.**

356

El estadio de los Vaqueros de Dallas cuenta con una gran
colección de arte contemporáneo, además de las piezas
históricas propias del equipo y sus fundadores.

357

Los Bills de Búfalo son nombrados así en referencia
a William Frederick Cody, conocido como Buffalo Bill,
un cazador de búfalos durante el final del siglo XIX
y principios del XX, quien además fundó el *Buffalo Bill's
Wild West*, un espectáculo que recorrió Estados Unidos
y parte de Europa compuesto por atracciones con
caballos y grupos étnicos originarios de Estados Unidos,
que él encabezaba. Buffalo Bill impulsó los derechos
de los nativos americanos y de las mujeres.

358

En 2016, Carson Wentz se convirtió en el novato
de las Águilas de Filadelfia en ser titular como
quarterback en un primer partido de la temporada
desde Davey O´Brien en 1939. Wentz acabó la fase
regular con 379 pases completados, la mayor cantidad
para una temporada en la historia de la franquicia
y récord para un novato en la historia de la NFL.

359

En el 2002 el equipo de Houston fue denominado Texanos.
Otros nombres que tenían para llamar al equipo eran:
Apollos, Bobcats, Stallions y Wildcatters.

360

El cuerpo arbitral elegido para el Super Bowl se entera
apenas una semana antes de que formarán parte del juego.

361

Los Vaqueros de Dallas en 1966 jugaron en el Día de Acción
de Gracias para aumentar su popularidad. En contra
de las recomendaciones de la NFL, preocupada de que
no se presentaran los aficionados ese día, los Vaqueros
rompieron su récord de asistencia con 80.259 espectadores
y vencieron a los Browns de Cleveland. Desde entonces se
han convertido en el segundo equipo con más apariciones
en los juegos de Acción de Gracias.

362

El primer casco con señal de radio fue creado por John
Campbell y George Sarles. En 1956, se lo propusieron
al *coach* de los Browns de Cleveland, Paul Brown. La
idea era que el entrenador no tuviera que usar jugadores
sustitutos para comunicar las jugadas que la ofensiva
debía realizar. Brown colocó la radio en el casco de su
quarterback y así jugó algunos partidos. La liga prohibió su
uso y no fue sino hasta 1994 cuando lo aprobó nuevamente.

363

En México, gerentes de locales de comidas como Hooters
y Papa Bill's, aseguran que el Super Bowl es uno de sus días
más ocupados del año, igualando eventos como partidos
del mundial de la selección de fútbol mexicana
y las finales del torneo local y la Champions League.

364

A mediados de 1930 apareció la primera máscara
para proteger la cara. Consistía en una barra que cruzaba
la cara del jugador y estaba unida a ambos lados del casco.
Fue diseñada para proteger la nariz, pero ayudaba también
a desviar la fuerza de los impactos hacia la parte exterior
del casco, lo que evitaba los golpes directos a la cabeza.

365

El 6 de noviembre de 1869, se celebró el primer partido
de fútbol americano entre las universidades de Rutgers
y Princeton (entonces conocida como la Universidad de
Nueva Jersey). Se llevó a cabo en el campo de Rutgers.
Los dos equipos -de 25 jugadores- intentaban anotar goles
al patear la pelota en la meta contraria. Lanzar o llevar
la pelota no estaba permitido, pero había mucho
contacto físico entre los jugadores.

366

En la década de 1990, siendo aún *quarterback* de los Potros de Indianápolis, el actual *coach* Jim Harbaugh participó en un capítulo de la serie *Saved .by the Bell* (*Salvado por la Campana*), en la que dio a los estudiantes una lección sobre el trabajo en equipo y control de la fama.

367

Un *safety* se produce cuando la defensa logra derribar al jugador atacante que está en posesión del balón dentro de su propia zona de anotación, o bloquea una patada de despeje en la zona de anotación. Otra forma de anotar un *safety* es si el jugador atacante se sale del campo por las líneas laterales de su propia zona de anotación con el balón en sus manos. Se conceden 2 puntos al equipo contrario.

368

Coach fue una serie de televisión de 1989 que estuvo 9 temporadas al aire. Contaba la historia de Hayden Fox, el entrenador de un equipo universitario. Él solo podía hacer tres cosas: comer, dormir y ver fútbol americano. Pero su compañera no compartía su pasión por el deporte y ahí estaba el mayor conflicto de la serie.

 **369**

En 2016, el juez Thomas Ambro obligó a la NFL a aportar cerca de mil millones de dólares a favor de las víctimas de la Encefalopatía Traumática Crónica (CTE), enfermedad que sufren muchos jugadores a consecuencia de los golpes recibidos en juegos. Parte del dinero debía ser invertido en la investigación de esta enfermedad y su posible prevención.

 **370**

Usar protección en la cabeza no fue obligatorio hasta 1939, cuando la NCAA de los Estados Unidos estableció que los jugadores debían usar casco en todos los partidos. La NFL hizo obligatorio su uso en 1943.

 **371**

**Cada año en la NFL se recaudan
de 3 a 4 millones de dólares en multas.**

 **372**

Desde 2004, el Super Bowl se disputa
el primer domingo del mes de febrero.
Antes se jugaba el último domingo de enero.

373

A Calvin Johnson, exreceptor de los Leones de
Detroit, le decían "Megatron" por sus largos brazos,
parecidos al famoso personaje de los Transformers.

374

**Un buen *quarterback* puede hacer que el balón
gire a más de 600 revoluciones por minuto al lanzar un pase.**

375

La forma final del balón de fútbol americano
cobró gran importancia una vez que el pase hacia
adelante fue introducido en el juego en 1906.

376

Los Yanks de Nueva York jugaron en las temporadas 1950
y 1951. El equipo comenzó originalmente como los Yanks
de Boston. Querían ser un equipo en la ciudad de Nueva
York, pero tuvieron que conformarse con uno en Boston,
después de que los Gigantes se negaran a compartir el área.

 **377**

Cuando faltan dos minutos para que terminen el segundo
y el cuarto periodo, el reloj se detiene obligatoriamente.
Es conocida como "la pausa de los dos minutos".
Esta regla solamente es válida en la NFL.

 **378**

Debido a la Segunda Guerra Mundial, algunos jugadores
retirados volvieron a jugar, incluyendo a tres que luego
fueron parte del Salón de la Fama de la NFL: Bronko
Nagurski, que se había retirado en 1937, volvió en 1943.
Arnie Herber, retirado en 1940, firmó con los Gigantes
de Nueva York en 1944. Ken Strong se retiró en 1939
y jugó también con los Gigantes de 1944 hasta 1947.

 **379**

Los Empacadores de Green Bay fueron fundados
el 11 de agosto de 1919 por Curly Lambeau y George
Whitney Calhoun, antiguos rivales deportivos en la escuela
preparatoria. El nombre de "Packers" (Empacadores)
surgió a partir del apoyo económico recibido por parte de
una compañía... empacadora: la Indian Packing Company,
lugar en donde trabajaba Lambeau. Dicha compañía donó
500 dólares para comprar uniformes y equipos.

380

El 31 de diciembre de 1988 se llevó a cabo un partido
de *playoffs* entre Filadelfia y Chicago, pero una niebla
tan densa se posó desde el segundo cuarto sobre
el estadio de los Osos, que los jugadores no podían
ver las bandas del campo y los aficionados no
podían ver a los jugadores. Se lo llamó el "Fog
Bowl" (El Bowl de la Niebla). Chicago ganó 20 a 12.

381

En 1928, en la Escuela de Medicina de la Universidad
de México se conformó un equipo liderado por los
hermanos Alejandro y Leopoldo Noriega, Gilberto Pineda,
Manuel Estañol y Marcelo Andriani, entre otros, el cual
celebraba partidos en llanos y terrenos baldíos de la Ciudad
de México con otros equipos que surgían en la capital.

382

El draft consiste en siete rondas. Las dos
primeras se llevan a cabo el sábado, mientras que
las 5 restantes se organizan el domingo. Los equipos
tienen un tiempo limitado para elegir a los jugadores.
Si no escogen en el tiempo predeterminado, pasan
su turno a los equipos siguientes. Esto le ocurrió
a los Vikingos de Minnesota en 2003.

El fin de semana del Super Bowl es cuando menos bodas se celebran en los Estados Unidos.

El primer casco para fútbol americano fue creado por un zapatero y estaba hecho de piel. Fue manufacturado para proteger la cabeza de Joseph Mason Reeves, almirante de la naval de los Estados Unidos y héroe en el equipo de esa institución militar.

Antes de dedicarse a la política, Ronald Reagan practicó fútbol americano en el Eureka College, e interpretó a un jugador en la película "Knute Rockne All American" (1940).

Joe Flacco, con los Cuervos de Baltimore, se convirtió en el primer *quarterback* en ganar un partido de *playoff* en cada una de sus primeras cinco temporadas.

**El primer equipo oficial de porristas
fue el de los Potros de Baltimore en 1954.**

La NFL elige la sede del Super Bowl con 3 años
de anticipación, tomando en cuenta que las ciudades
candidatas reúnan una serie de condiciones
de capacidad, seguridad e instalaciones.

De las presentaciones memorables durante el medio
tiempo del Super Bowl está la participación de Michael
Jackson en 1993. Este fue el primer Super Bowl donde
aumentó considerablemente la audiencia durante
el espectáculo. A partir de aquí la NFL y la televisión
decidieron darle más importancia y aumentar
la calidad del show de medio tiempo.

El nombre de Águilas de Filadelfia fue elegido
porque en esa ciudad estuvieron los padres
de los Estados Unidos y el águila es un símbolo de ese país.

 **391**

Hasta el 2017 solo en 9 ocasiones el show de medio tiempo del Super Bowl estuvo a cargo de una sola estrella de la música y esto fue en las ediciones: XXVII con Michael Jackson, en la XXX con Diana Ross, en la XXXVI con U2, Paul McCartney en la edición XXXIX, Rolling Stones en la XL, Tom Petty en la XXLII, Bruce Springsteen en la XLIII, The Who en la edición XLIV y Lady Gaga en la LI.

 **392**

**En la NFL, los jugadores del *backfield*
tienen numeraciones que van del 20 al 49.**

 **393**

Para la postemporada de 2010, la NFL instaló un sistema modificado de tiempo suplementario a muerte súbita para determinar el ganador en un partido empatado. Es solo un periodo de 15 minutos. Cada equipo debe tener la oportunidad de poseer el balón. La excepción: si el equipo que primero tiene el balón marca un *touchdown* en la posesión inicial, gana el *match*. Si no marca puntos o solamente obtiene un gol de campo, el equipo contrario obtiene la posesión del balón y gana si marca un gol de campo o un *touchdown*. En 2012, la liga expandió esas reglas a todos los partidos.

394

Cuando empezaron a jugarse partidos durante la noche
en la década de 1950 y debido a la falta de iluminación
adecuada en los estadios, el balón era blanco con dos líneas
negras para que los jugadores y espectadores pudieran verlo
en la oscuridad. Al mejorarse las condiciones
de iluminación, los balones blancos fueron eliminados.

395

**Hasta 2017, 17 ciudades han albergado el Super Bowl.
Miami y Nueva Orleans tienen 10 finales cada una.**

396

El 25 de noviembre de 1920 se efectuó el primer juego
del Día de Acción de Gracias de la NFL
con 6 partidos. En el primero, los Akron Pros
vencieron 7-0 a los Bulldogs de Canton.

397

A los jugadores del equipo ganador del Super Bowl
se les entrega un anillo elaborado en oro blanco con
diamantes. Cada pieza tiene un valor de 5.000 dólares.

398

Cuando el 15 de agosto de 1994 se disputó por primera
vez el American Bowl en México, donde los Vaqueros
de Dallas vencieron 6-0 a los Petroleros de Houston,
al Estadio Azteca de México concurrieron 112.376
espectadores. El American Bowl se realizó en otras
4 ocasiones en el Estadio Azteca: Miami 38 - Denver 19,
en 1997; Nueva Inglaterra 21- Dallas 3, en 1998; Indianápolis
24 - Pittsburgh 23, en 2000; y Dallas 21 - Oakland 6, en 2001.

399

En el Super Bowl 50, Gary Kubiak se convirtió
en el tercer entrenador (junto con Mike Ditka y Tom
Flores) en ganar un Super Bowl como entrenador con
el equipo en el que previamente jugó (Broncos de Denver).
Además, fue el cuarto (junto con Don McCafferty, George
Seifert y Jon Gruden) en ganarla en su primera
temporada entrenando a un equipo y el tercer ex
quarterback en ganarla como entrenador en jefe.

400

La mayoría de los nombres de los equipos
de la NFL tienen poco o nada que ver
con las ciudades a las que pertenecen sus franquicias.

401

El primer Super Bowl se llamó oficialmente
"First AFL-NFL World Championship Game" y se disputó
el 15 de enero de 1967 entre los campeones de la American
Football League (los Jefes de Kansas City) y los de la
National Football League (los Empacadores de Green Bay).

402

El fin de una jugada está condicionado a diferentes
circunstancias, siendo las más comunes cuando un pase no
tiene éxito (pase incompleto), cuando el jugador que lleva
el balón es derribado por un contrario dentro del terreno
de juego, o bien cuando sale del mismo por las bandas,
ya sea por decisión propia o empujado por un contrario.

403

**La espiral que los *quarterbacks* le dan al balón al lanzar un
pase tiene efecto en la estabilidad y la exactitud.**

404

Los equipos que han logrado dos Super Bowl seguidos
son Green Bay, Miami, Pittsburgh (en dos ocasiones),
San Francisco, Dallas, Denver y Nueva Inglaterra.

Wisconsin, lugar donde juegan los Empacadores,
es muy famoso por la producción de queso y el término
"Cabeza de Queso" se usa para cualquier persona que vive
en este estado. Así apareció el primer "sombrero de queso",
que se utilizó en 1987 en un partido de béisbol entre
Milwaukee Brewers contra Chicago White Sox. Era portado
por Ralph Bruno, que lo hizo de un pedazo de esponja
que sacó de un sillón viejo de su madre. Se hizo popular
y Bruno comenzó el negocio de vender estos sombreros
llamados "cheeseheads", creando la marca
que le pertenece a Foamation Inc.

El actor John Goodman fue jugador de fútbol americano
con la Estatal de Missouri, pero una lesión lo alejó de las
canchas y lo llevó a probar suerte en el cine, participando
en éxitos como "Barton Fink", "Los Picapiedras", "El
Gran Lebowski" y "Argo". En la cinta "La venganza de los
nerds", interpretó a un entrenador de fútbol americano.

A diferencia del *touchdown,* el gol de campo no otorga el
derecho de buscar un punto extra a través de una patada.

408

Por única ocasión, para la edición número
50 del Super Bowl, la NFL decidió usar números arábigos
en lugar de romanos, como comúnmente utiliza.

409

El Super Bowl es el segundo evento deportivo
más visto a nivel mundial, superado solo
por la Copa Mundial de fútbol.

410

La "G" característica del logo de los Empacadores
de Green Bay no está relacionada con el nombre de
esa ciudad. Ideada en 1961 por el gerente del equipo,
George Braisher, significa "Greatness" (Grandeza) y fue
registrada por el equipo como una marca. Tiempo después,
los Empacadores permitieron el uso de ese logo a otras
instituciones, como la Universidad de Georgia
y la Universidad de Grambling State.

411

En la edición XLVI del Super Bowl,
los Gigantes de Nueva York no llevaron porristas propias.

Lo más recomendable para construir un estadio de fútbol americano es que las zonas de *touchdown* estén orientadas hacia el Norte y hacia el Sur. Así, el sol no le dará en la cara a los jugadores y no se interpondrá en el juego. Esto no es un requisito obligatorio, pues hay estadios, como el de las Panteras de Carolina, construidos de este a oeste, porque era la única forma en la que les cabía el campo en el terreno.

1951 fue el primer año en que se jugó fútbol americano durante la noche.

Bloquear a los jugadores del equipo contrario es esencial en el juego del fútbol americano. En el rugby solo se puede bloquear al jugador que tiene el balón.

El corredor Franco Harris de los Acereros de Pittsburgh logró un total de 354 yardas en Super Bowls, logradas en las ediciones IX, X, XIII, XIVI.

416

Cuando se enfrentan contra los Empacadores,
fanáticos de los Osos, Vikingos y algunos otros
equipos llevan sombreros de ralladores
representando la frase: "Vamos a rallar queso".

417

Peyton Manning fue *quarterback* de dos equipos que
llegaron a un Super Bowl. Con los Potros de Indianápolis
jugó las ediciones XLI y XLIV, mientras que con Denver
estuvo en el XLVIII y el 50. Por ganar este último
se convirtió en el primer *quarterback* abridor
en la historia en ganar títulos con dos equipos.

418

En 2016, Dak Prescott y Ezekiel Elliot se convirtieron
en los primeros novatos *quarterback* y corredor en iniciar
el primer partido de la temporada para los Vaqueros
desde Roger Staubach y Calvin Hill en 1969.

419

En 1897 el *touchdown* incrementó su valor
a 5 puntos y la conversión bajó a un punto.

El Super Bowl XLVII fue la primera vez en que
los entrenadores de los dos finalistas eran hermanos:
John (Cuervos de Baltimore) y Jim Harbaugh
(San Francisco 49ers). Ganó John.

La edición 50 del Super Bowl fue la primera en la que los
entrenadores de ambos equipos fueron antes jugadores en
actividad durante un Super Bowl. Ron Rivera jugó como
linebacker en la edición XX con los Osos de Chicago de
1985 y ganó. Gary Kubiak llegó a tres Super Bowls como
quarterback de los Broncos, aunque era suplente de John
Elway. En las 3 ocasiones, su equipo perdió.

43-8 fue el resultado final del Super Bowl XLVIII. Nunca
antes un juego de la NFL, ya sea de temporada regular o de
postemporada, había terminado con semejante marcador.

0-4 es la marca de los Broncos de Denver cuando han usado
su camiseta anaranjada en juegos de Super Bowl.

424

El 2 de octubre de 2005 por primera vez se realizó
un partido de temporada regular de la NFL fuera
de los Estados Unidos. Fue en el Estadio Azteca,
donde los Cardenales de Arizona vencieron 31 a 14
a los San Francisco 49ers. Ese día se registró
una asistencia de 103.467 espectadores, obteniendo
en ese momento el Récord Guinness por la mayor
asistencia a un partido de temporada de la NFL.

425

En enero de 2014, los Empacadores recibieron
a los San Francisco 49ers en un partido de postemporada
con temperaturas de 23 grados centígrados bajo cero.

426

A finales de 2015, el jugador profesional Joe Anderson
fue fotografiado en la puerta del estadio de los Texanos
de Houston con un cartel en mano, pidiendo trabajo.
La imagen no tardó en dar la vuelta al mundo y días
después fue contratado por los Jets de Nueva York.
Anderson había sido receptor de las Águilas
de Filadelfia hasta el 2014, cuando sufrió
una lesión en la espalda y lo sacaron del equipo.

427

La prueba Wonderlic es un examen cognitivo
que se aplica a todos los aspirantes a jugadores
de la NFL. Consta de 50 preguntas que deben contestar
en un espacio de 12 minutos. La dificultad de las preguntas
va en aumento a lo largo del examen. En promedio,
el jugador más inteligente sobre el campo (de acuerdo
a esta prueba) no es el *quarterback*, sino el tackle
ofensivo con una media de 26 puntos.

428

**El máximo receptor en la historia del Super Bowl
es Jerry Rice de los San Francisco 49ers con 589 yardas.**

429

Según un estudio publicado por el Wall Street Journal,
los encuentros del Super Bowl tienen un promedio
de 11 minutos de juego efectivo.

430

En la historia de los primeros 51 Super Bowls, únicamente
9 equipos llegaron a este evento deportivo con solo
una derrota o menos durante la temporada regular.

431

El anillo de Super Bowl XXV de Lawrence Taylor,
defensivo de los Gigantes, se vendió
por más de 230 mil dólares.

432

En la semana 4 del 2016, los Halcones de Atlanta
se convirtieron en el primer equipo en la historia
de la NFL en tener un jugador con más
de 500 yardas de pase (Matt Ryan, 503) y un receptor
con al menos 300 por aire (Julio Jones).

433

El día siguiente al Super Bowl, el 6% de los empleados
en Estados Unidos se reporta enfermo.

434

Antes de cada encuentro, los estudiantes de Notre Dame
pintan todos los cascos de fútbol de color oro, usando
pintura que tiene polvo de oro real. Al salir de los
vestuarios, los jugadores golpean el famoso letrero
que dice "Play Like a Champion Today" (Jueguen
Hoy Como Campeones).

En el año 2000, durante el American Bowl disputado en el estadio Azteca entre Indianápolis y Pittsburgh, Bill Cowher, entonces *coach* de los Acereros, dijo después de la derrota: "Si pudiera, me llevaría a los mexicanos en la maleta". Lo afirmó después de jugar en un estadio con más de 80 mil fanáticos, de los cuales más de tres cuartas partes apoyaban al equipo de Pittsburgh.

Neal Dahlen logró 7 anillos de Super Bowl:
5 como administrativo y 2 como gerente general
de los Broncos de Denver.

**El anillo de los Empacadores de Green Bay obtenido
en el 2010 contaba con más de 100 diamantes.**

Desde el 2005, la NFL decidió llevar partidos de temporada regular a Londres para tratar de ampliar su mercado en Europa. Algunos otros partidos se disputaron en Toronto, Canadá, donde los Buffalo Bills jugaron como locales.

Considerando la etapa de Baltimore y la etapa actual en Indianápolis, los Potros tienen en su historia un total de 9 premios MVP, 4 de ellos obtenidos por Peyton Manning.

En 1907, Chicago e Illinois jugaron el primer partido con un espectáculo de medio tiempo con una banda de música.

La primera temporada en la historia de la Arena Football League fue jugada en 1987 con 4 equipos: Chicago Bruisers, Denver Dynamite, Pittsburgh Gladiators y Washington Commandos. El Arena Bowl I fue ganado por los Dynamite sobre los Gladiators por 45 a 16.

En 2014, la selección nacional de México de fútbol americano consiguió ganar el primer Campeonato Mundial Universitario en Uppsala, Suecia, tras vencer 14 a 6 a Japón. Lo logró de manera invicta al derrotar con anterioridad a la final por 62 a 0 a Suecia, 53 a 0 a Finlandia y 55 a 0 a China.

Peyton Manning, durante 7 años consecutivos,
estuvo en equipos que por lo menos ganaron
12 partidos en temporada regular.

Michael Vick sostiene el récord de más yardas terrestres
por un *quarterback* en un juego de temporada regular.
Corrió para 173 yardas el 1 de diciembre de 2002
contra Minnesota en el Metrodome. En el año 2006,
Vick se convirtió en el primer *quarterback* en la historia
de la NFL en correr más de 1.000 yardas durante
una sola temporada regular.

**A partir de 1888 se permitió tacklear
solamente por debajo de la cintura.**

En 1936, en el primer draft de la NFL, solo
24 de los 81 jugadores elegidos firmaron contratos
con la NFL, un reflejo de la condición inferior
de la liga en esos tiempos y de los bajos niveles de paga.

447

Con el duelo en el estadio Azteca entre Texanos y Raiders en 2016, pasaron 11 años, un mes y 14 días para que en México se volviera a celebrar un duelo de la NFL.

448

Una de las tradiciones en Lambeau Field: cada vez que un jugador de los Empacadores anota un *touchdown*, salta a la tribuna para que los hinchas lo abracen.

449

En 1921, los Empacadores de Green Bay se llamaron los "Acme Packers". En 1923 volvieron a su nombre original.

450

Durante el primer juego de fútbol americano entre Princeton y Rutgers en 1869, el balón debió ser redondo, sin embargo, inflarlo era bastante complicado -pues estaba hecho de la vejiga de un cerdo- y durante el juego, los jugadores tomaban turnos para hacerlo. Nunca lo lograron correctamente, de manera que el balón que se ponía en juego era un tanto asimétrico.

451

El primer pateador reconocido como MVP fue Mark
Moseley de los Pieles Rojas, durante la temporada
de 1982. Él es también el primer jugador de equipos
especiales en ganar este premio.

452

La Liga de Fútbol Americano Profesional (LFA) se fundó
en 2016 con el respaldo de la Federación Mexicana de
Fútbol Americano. En 2017, contó con 6 equipos: Condors,
Eagles y Mayas de la Ciudad de México; Dinos de Saltillo;
Fundidores de Monterrey y Raptors de Naucalpan.

453

El premio MVP (*Most Valuable Player*) se anuncia
al finalizar la temporada regular de la NFL,
antes de *playoffs* y se entrega previo al Super Bowl.

454

Los Mayas de la LFA de México inicialmente
se iban a llamar Mexicas, pero debido a
cuestiones de derechos de autor se cambió.

455

En 2016, los Vikingos de Minnesota se unieron
a los Carneros de Los Ángeles de 1969 como únicos
equipos desde 1933 en empezar la temporada con 5 partidos
ganados, sin derrotas y sin lanzar intercepciones.

456

La historia de la Liga de Fútbol Americano de México
dio inicio con una victoria de los Mayas 34-6 sobre
Raptors. Omar Cojolum fue el autor del primer
touchdown de la LFA.

457

Los equipos de la NFL tienen como mínimo
3 capitanes. Uno para la ofensiva, uno para la
defensiva y otro para equipos especiales. Son
escogidos por el *head coach* teniendo en cuenta
su impacto en el equipo, liderazgo y don de mando.

458

Los capitanes de los equipos de la NFL ostentan
un parche con la letra "C". Al inicio la letra es blanca.
Después de 4 años siendo capitán, la "C" es dorada.

459

El *quarterback* Tony Romo rompió varias marcas de los Vaqueros: más *touchdowns* (208), mayor cantidad de regresos en el 4to cuarto (23), único *quarterback* que ha lanzado para 4.000 o más yardas en una campaña.

460

En el Super Bowl XLVIII, los Halcones Marinos de Seattle marcaron 36 puntos consecutivos iniciando el partido, récord para un Super Bowl.

461

En el draft, los equipos pueden negociar sus rondas de selección, lo que se conoce como *Trade by Trade*. Las negociaciones consisten en intercambiar rondas, venderlas o negociarlas por jugadores.

462

En el medio tiempo del Super Bowl 2014, el grupo Red Hot Chili Peppers quiso tocar en vivo. Como tuvieron la negativa de la organización, hicieron playback, pero mostraron su descontento al dejar sus instrumentos visiblemente desconectados.

463

Según datos de la tienda Netshoes, los lugares donde se venden más productos de la NFL en México son: Ciudad de México, Estado de México, Jalisco, Nuevo León y Coahuila.

464

El *quarterback* Russell Wilson fue seleccionado en el draft del béisbol norteamericano de las Grandes Ligas en 2 ocasiones: en 2007 por los Orioles de Baltimore y en 2010 por los Rockies de Colorado. La primera vez prefirió entrar a la universidad. En la segunda ocasión, jugó un tiempo en las ligas menores.

465

En el draft de 1990, el corredor Herschel Walker fue cambiado por Dallas a Minnesota en una operación donde estuvieron involucrados 18 jugadores y cinco rondas.

466

El *safety* de los Broncos de Denver, Mike Adams, prometió que si su equipo ganaba el Super Bowl XLVIII contra Seattle regresaba a su casa caminando. Por suerte para sus piernas, perdieron 43 a 8.

En su debut en la NFL el 7 de septiembre de 2014 contra las Águilas de Filadelfia, Allen Hurns atrapó 4 pases para 110 yardas y dos anotaciones. Sus primeras dos recepciones en el primer cuarto fueron para *touchdowns*, convirtiendo a Hurns en el segundo receptor de la NFL en registrar *touchdowns* en sus dos primeras capturas y el primer novato en llegar a *touchdowns* en el primer cuarto de su primer juego.

Un *touchback* ocurre cuando el portador del balón es forzado al suelo en su propia zona de anotación. También es posible realizar un *touchback* si el portador del balón se arrodilla en su propia zona de anotación, lo cual sirve para terminar la jugada y prevenir golpes potenciales. Un jugador de la defensa o de los equipos especiales que realiza un *touchback* permite que la ofensiva tome posesión del balón a 25 yardas de su propia zona de anotación.

El ex *quarterback* de los Vaqueros, Troy Aikman tiene una fundación con su nombre dedicada a la construcción de zonas de juegos en los hospitales para niños enfermos.

470

Jerry Jones, dueño de los Vaqueros de Dallas, jugó como liniero ofensivo en Arkansas, consiguiendo con ellos el Campeonato Nacional de la NCAA en 1964.

471

A 7 de cada 10 mexicanos les gusta ver el fútbol americano acompañados. En primer lugar, con la familia, seguido de los amigos y después por los compañeros del trabajo.

472

En los inicios del fútbol americano en México las compañías petroleras asentadas en el país dotaron de equipos a la Universidad. También era común que entrenadores de los Estados Unidos trabajaran con los equipos mexicanos, pagados por las mismas compañías.

473

La NFL permite que el descanso del Super Bowl dure 30 minutos, frente a la pausa habitual de 12 minutos, para organizar mejor toda la puesta en escena del show del entretiempo.

Antes de protagonizar la serie "NCIS", el actor Mark Harmon, cuyo padre fue ganador del Trofeo Heisman, jugó fútbol americano como *quarterback* del equipo colegial de UCLA.

"Comedores Púrpura de Personas" era el apodo de la línea defensiva de los Vikingos, cuando participaron en cuatro Super Bowls. El nombre provenía del color púrpura de su uniforme y de una canción titulada "Purple People Eater".

En un Super Bowl, cada fanático consumidor invierte cerca de 64.5 dólares en alimentos y bebidas.

En 2014, el diseñador Mark Avery Kenny, también conocido como AK, decidió hacer los escudos de los 32 equipos en el fútbol americano utilizando personajes de Disney como el Pato Donald, Pluto, Dumbo... Por ejemplo, se podía ver un "Nemo" formando parte del escudo de los 49ers.

478

A finales de la década de 1970,
Acereros de Pittsburgh ganaron 4 títulos en 6 años.

479

La Liga Mayor de la ONEFA reestructuró el fútbol
americano colegial en México, al conservar los equipos
mayores y crear nuevas categorías para jugadores más
jóvenes. Así, han funcionado diferentes conferencias.
La conferencia de los campeones nacionales cambió
de nombre repetidas veces: Conferencia Metropolitana
(1978-1986), Conferencia Mayor (1986-1996), Conferencia
de los Diez Grandes (1997-2004) y Conferencia
de los Doce Grandes (2005-2008).

480

En 1892 comenzaron a desarrollarse en la Universidad de
Harvard jugadas seguras e ingeniosas y que caracterizan
al fútbol moderno. Una era la "cuña volante", en la que
9 de los 11 hombres del equipo se alineaban para formar
dos filas que se desplazaban a toda velocidad hacia
el balón, para después formar una "V" humana que sin
detenerse avanzaba con todo a su paso, para lo que el
corredor simplemente se mantenía llevando el balón
por dentro y detrás de esta cuña.

 **481**

Tom Brady en su casa tiene un gallinero
para poder comer huevos frescos.

 **482**

En 2013, Sean Landez, de la Universidad de Sharyland, logró
un récord en el fútbol americano colegial al conseguir un
touchdown de 109.9 yardas. Landez aprovechó un intento
fallido de gol de campo para tomar el balón justo en el
límite de su zona de anotación y comenzó su carrera.
Un antecedente en la NFL fue el de Antonio Cromartie
con los Cargadores de San Diego, que aprovechó en el 2009
un gol de campo fallado para conseguir un *touchdown*
de 109 yardas ante los Vikingos de Minnesota.

 **483**

En la NFL cuando uno de los dos equipos no se presenta
a jugar, ya sea porque se niega o no puede llegar, y el otro
equipo se presenta y está listo para jugar, este último gana.
La liga otorga un marcador de 2-0, equivalente a haber
hecho un *safety* durante el partido. Esto es porque el *safety*
es el único tipo de puntuación que se acredita a ningún
jugador en específico. Esta situación nunca ha ocurrido
en toda la historia de la NFL.

484

Los espectáculos del descanso de las primeras ediciones del Super Bowl estaban a cargo de bandas de marchas universitarias. Años más tarde se acompañaron con actuaciones musicales. La primera de todas, correspondiente al Super Bowl I de 1967, estuvo protagonizada por las bandas de la Universidad de Arizona y de la Universidad de Michigan.

485

La NFL no paga a los artistas invitados que actúan en el espectáculo del entretiempo del Super Bowl, aunque sí cubre todos los gastos y los de sus acompañantes, familiares y amigos, normalmente a través de un patrocinador. Los artistas participantes experimentan notables repuntes en las ventas de sus trabajos, ya sea en formato físico o digital.

486

El Pro Bowl es el partido de estrellas de la NFL. Se realiza desde el año 1951 y desde enero de 1980 siempre en el Aloha Stadium, situado en Honolulu, Hawái, a excepción del año 2010 que se celebró en Miami, y el 2017, que se celebró en Orlando, Florida.

487

Cliff Battles, el 8 de octubre de 1933, jugando para los Pieles
Rojas de Boston, se convirtió en el primer jugador
en acumular más de 200 yardas por tierra en un partido.

488

En 1888 se prohibió bloquear con los brazos
extendidos y la pena para esta falta consistía
en la pérdida de la oportunidad ofensiva. Es decir,
el balón cambiaba de dominio.

489

Además de los partidos de la NFL de los Vaqueros
de Dallas, el estadio AT&T Stadium acoge cada año
el Cotton Bowl, la Copa de Oro de la CONCACAF
de fútbol y conciertos de famosos como Taylor Swift,
Beyoncé, Paul McCartney, One Direction, entre otros.

490

Siendo receptor estrella de los Vaqueros de Dallas,
Michael Irvin admitió que en el medio tiempo
del Super Bowl XXVII de 1993, dejó el vestuario
para ir a ver el show de Michael Jackson.

Los Delfines de Miami en la década de 1970 fueron el primer equipo en avanzar hasta el Campeonato de la Conferencia Americana durante 3 temporadas consecutivas.

Durante décadas la NFL asignó los eventos del medio tiempo del Super Bowl a productoras que hacían un montaje en torno a un tema determinado. Algunas de las más frecuentes fueron "Up with People" (1976, 1980, 1986) y "The Walt Disney Company" (1977, 1984, 1986).

Aunque en 1971 y 1972 se recurrió por primera vez a artistas célebres de la época, como Carol Channing y Ella Fitzgerald, para el espectáculo del medio tiempo del Super Bowl, esto no fue práctica habitual hasta comienzos de la década de 1990.

El récord de apariciones en el Pro Bowl lo comparten Merlin Olsen y Bruce Matthews con 14 participaciones.

495

El golfista Phil Mickelson, uno de los mejores jugadores
de todos los tiempos, apostó 20 mil dólares a que los
Cuervos de Baltimore derrotarían a los favoritos Gigantes
de Nueva York en el Super Bowl XXXV. El partido
terminó 34 a 7 en favor de Baltimore y el golfista
se embolsó 560 mil dólares sin pisar un campo de golf.

496

En 1919, la ciudad de Chicago decidió homenajear
a los soldados estadounidenses fallecidos en guerras,
sobre todo en la Primera Guerra Mundial. Por esto
construyeron el Soldier Field donde juegan los Osos
de Chicago. Las obras empezaron en 1922. La inauguración
llegó el 9 de octubre de 1924, con el nombre de Municipal
Grant Park Stadium. Costó 13 millones de dólares.

497

La cantante Adele no aceptó estar en el show
del medio tiempo del Super Bowl LI. Adujo: "Ese show
no se trata de la música. Y realmente yo no puedo
bailar ni nada de eso. Fueron muy amables
al preguntarme, pero finalmente dije que no".

498

Vince Lombardi, entrenador de los Empacadores
de Green Bay en la década de 1960, dijo: "Entrenadores que
explican las jugadas en la pizarra los hay por montones.
Los entrenadores que ganan partidos son los que
se meten en la mente de los jugadores y los motivan".

499

Los Delfines de Miami y los Halcones de Atlanta
comenzaron a jugar en 1966. Son las franquicias
más antiguas de la NFL en el sur de Estados Unidos.

500

Por la cantidad de equipos en la NFL,
hay 824 billones de combinaciones posibles
para realizar el calendario de partidos.

501

En el Super Bowl 50, Lady Gaga participó cantando
el himno de los Estados Unidos. En el Super Bowl
siguiente, volvió a presentarse, pero en el show del
medio tiempo. Para eso, la NFL gastó 10 millones
de dólares, la cifra más alta alcanzada hasta esa fecha.

502

Cuando los Broncos perdieron el Super Bowl en 1987,
más de 100.000 aficionados recibieron al equipo
en Denver como héroes, a pesar de la derrota.

503

En 1938, el término de "bola perdida" fue cambiado
por el de "bola suelta". También se reglamentaron
15 yardas de castigo para el equipo que patee
o empuje intencionalmente una bola suelta.

504

Shannon Sharpe, que jugó para los Broncos de Denver
y los Cuervos de Baltimore entre 1990 y 2003, fue el primer
ala cerrada en sobrepasar las 10.000 yardas por recepción.

505

Dan, Chris y Rob Gronkowski se convirtieron en jugadores
de la NFL de una familia de 5 hijos. Rob fue figura de
los Patriotas de Nueva Inglaterra. En sus primeras tres
temporadas tuvo 38 recepciones para *touchdown* en
43 juegos, cuando ningún otro ala cerrada había
logrado más de 25 en el mismo periodo de tiempo.

506

**Andre Rison, exjugador de la NFL, en 2007
se declaró en bancarrota por gastos excesivos en joyas.**

507

"Blue Mountain State" fue una comedia televisiva
del 2010 centrada en una universidad con gran
tradición en el fútbol americano y su extraño
equipo The Goats (Las Cabras).

508

Cuando el equipo de Oakland nació en 1960, un
periódico local convocó un concurso para elegir el
nombre. El ganador fue "Señors". Los dirigentes se
enfadaron bastante, porque al parecer, el concurso
fue manipulado. Entonces decidieron cambiarlo por
Raiders (Corsarios o Malosos), nombre que había
quedado tercero en el concurso.

509

Tom Brady, con los Patriotas de Nueva Inglaterra, ayudó
a marcar el récord de la racha consecutiva más larga de la
historia de la NFL, con 21 triunfos en dos temporadas.

510

En 1965, la Universidad de Ohio decidió tener un personaje
como una mascota. En esos tiempos, la mayoría
de las mascotas de los equipos eran algún animal,
pero esta universidad quiso hacer las cosas diferentes.
Tomó a un estudiante con su uniforme y le agregó
una cabeza en forma de castaña con ojos y boca.
Así nació Brutus Buckeye.

511

Married with Children (Casado con Hijos) fue
una comedia norteamericana emitida durante 10 años
por FOX Network. Posteriormente, se desarrollaron
remakes en Argentina, Chile, Colombia y España. En
la serie original el personaje principal, Al Bundy, había
jugado fútbol americano colegial, hecho que el actor que lo
representaba -Ed O´Neill- había logrado en la vida real.

512

El primer profesional en la historia del fútbol
americano fue William "Pudge" Heffelfinger, exjugador
de la Universidad de Yale. Heffelfinger recibió 500 dólares
en 1892 para jugar con los Allegheny Athletic Association
contra los Pittsburgh Athletic Association.

513

En la película *Draft Day* (*Decisión Final*) el manager general
de los Browns de Cleveland, Sonny Weaver (interpretado
por Kevin Costner), intenta fichar al mejor jugador
en el draft de 2014. Y su decisión implica consecuencias
para todas las personas que lo rodean, tanto en
el ámbito profesional como en el personal.

514

John Wayne, el vaquero más famoso del cine
en las décadas de 1950 y 1960, y una de las grandes estrellas
del siglo XX, se destacó como jugador de fútbol americano.
Pero mientras surfeaba, sufrió una lesión en el hombro
y no pudo seguir practicando el deporte. Buscó otros
horizontes y así se convirtió en actor.

515

Los jugadores de fútbol americano se pintan debajo
de los ojos para evitar ser deslumbrados por el reflejo del
sol o de los focos del estadio. Antes de iniciar una jugada,
el jugador se encuentra en una posición que mira al suelo.
Al levantar la cabeza, el reflejo del sol en el sudor
de su cara puede dificultar la visión. El color negro
absorbe la luz, evitando el deslumbramiento.

516

Jerry Glanville, entrenador de los Halcones de Atlanta en la década de 1980, dejaba en las taquillas del club unas entradas para el famoso cantante Elvis Presley (que ya había fallecido), con la esperanza de que algún día apareciera.

517

En 2006, el mariscal de campo de los Santos de Nueva Orleans, Drew Brees, sumó 1.954 yardas por aire en cinco partidos consecutivos, la mayor cantidad en la historia para un Glanville lapso de 5 juegos.

518

En 1908, durante un juego entre la Universidad de Washington y la de Jefferson, se usaron por primera vez las camisetas numeradas.

519

En la década de 1880 se decidió reducir las dimensiones de la cancha de 140 por 70 yardas a 110 por 53 yardas.

520

El primer estadio de los Halcones Marinos de Seattle,
el Kingdome, fue uno de los ambientes más ruidosos
de la NFL. En 2002, se mudaron al CenturyLink Field,
aún más ruidoso que el anterior.

521

El ex *quarterback* de los Empacadores, Brett Favre, antes
de ser profesional, tuvo un accidente de auto a los 20 años
tras el que le extirparon 76 cm de intestino delgado.
Menos de dos meses después, estaba jugando de nuevo.

522

Estadísticamente, los equipos con los 5 calendarios
más difíciles solo llegan a los *playoffs* el 24.1% de las veces,
mientras que los que tienen los 5 calendarios
más fáciles llegan más del 50% de las ocasiones.

523

Para la realización del Super Bowl 50, en 2015,
se gastaron 377 millones de dólares. Eso fue más
de lo que se gastó durante el Super Bowl en las décadas
de 1960, 70 y 80 combinadas: 299 millones.

Necessary Roughness fue una serie televisiva de 2011. Se centraba en una mujer divorciada, interpretada por Callie Thorne, que conseguía un trabajo como terapeuta en un equipo profesional de fútbol americano y gracias a eso, su carrera comenzaba a despegar cuando los atletas, músicos, políticos y otras celebridades empezaron a demandar su terapia.

 **525**

Los Jets de Nueva York fueron el primer equipo de la Conferencia Americana en ganar el Super Bowl. El 12 de enero de 1969 vencieron a los Potros de Baltimore por 16-7.

 **526**

A partir de 1880 se introdujo la figura del *quarterback*.

 **527**

Hasta 2017, el equipo de fútbol americano de la Universidad de Notre Dame logró 13 títulos nacionales (1924, 1929, 1930, 1938, 1943, 1946, 1947, 1949, 1953, 1966, 1973, 1977 y 1988) y 16 bowls ganados.

528

Lester Hayes era un defensivo de los Raiders de Oakland
que se embadurnaba todo el uniforme y sus manos
de un pegamento que él llamaba "*stickum*". Cuando
el balón rozaba su cuerpo se quedaba literalmente pegado
a su uniforme. En 1980 logró 13 intercepciones siendo
el líder de la temporada regular. En 1981 la NFL
prohibió este pegamento por considerar que iba
en contra del espíritu deportivo.

529

Los equipos de la Conferencia Nacional son
más antiguos que los de la Americana. De los 16 equipos
de la actual Conferencia Nacional, 9 nacieron antes
de 1950, contra solo 2 de la Americana.

530

La Universidad de Notre Dame tiene el equipo de fútbol
americano más prestigioso del país. También es conocida
por ser una universidad católica. En el estadio de la
universidad donde se celebran sus partidos hay una imagen
de Jesucristo con los dos brazos en alto: los seguidores del
equipo dicen que está señalando un *touchdown*.

531

La serie televisiva *Friday Night Lights* (2006-2011)
se centra en un pueblo rural texano, cuyos habitantes
solo tienen una prioridad: que su equipo de fútbol
(los Dillon Panthers) sea el campeón. Esta serie
fue una adaptación de la película homónima dirigida
en 2004 por Peter Berg. En el 2011 la serie ganó
dos premios Emmy a Mejor Actor y a Mejor Guion.

532

Hay versiones de fútbol americano de 8 jugadores.

533

A partir de 1970, y hasta 2002, hubo tres divisiones
(Este, Centro y Oeste) en cada conferencia de la NFL.
Los ganadores de cada división, y un cuarto, "el
comodín" basado en el mejor récord de triunfos sin ganar
una división, calificaban para los *playoffs*.

534

En un principio los postes tenían forma de "H".
Actualmente, todos tienen forma de "T" o de "U"
y están ubicados atrás de la zona de anotación.

535

El 23 de diciembre de 1972 por *playoffs* jugaron los
Acereros de Pittsburgh y los Raiders de Oakland. A falta
de 22 segundos para terminar el partido los Acereros
estaban perdiendo por 7 a 6. El *quarterback* de Pittsburgh,
Terry Bradshaw, lanzó el balón a John Faqua, pero el *safety*
de los Raiders, Jack Tatum, trató de impedir la recepción.
Los dos jugadores chocaron y el balón salió despedido hacia
delante. Franco Harris, corredor de los Acereros, atrapó
el balón antes de que tocara el suelo y corrió 60 yardas
para anotar un *touchdown* y dar la victoria a su equipo.
Los Raiders protestaron a los árbitros, ya que en aquella
época el reglamento prohibía que dos jugadores ofensivos
tocaran el balón sucesivamente, pero los árbitros dieron
como bueno el *touchdown*. A esta recepción se la conoce
popularmente como la "inmaculada recepción". Nunca
se ha podido ver con claridad si Faqua tocó el balón o no.

536

Dos estrellas del fútbol americano donarán sus cerebros
para la investigación médica al morir. Steve Weatherford,
de los Gigantes de Nueva York, y Sidney Rice, quien jugó
para los Halcones Marinos de Seattle y se retiró a los
27 años luego de ganar el Super Bowl XLVIII, tomaron
la decisión de apoyar una investigación científica
sobre las lesiones cerebrales.

 **537**

Joe Namath, siendo *quarterback* de los Jets de Nueva
York, llevó a su equipo al Super Bowl III, contra los
Potros de Baltimore. Todos los expertos y medios de
comunicación daban como ganadores a los Potros. Un par
de días antes del partido Namath, en la rueda de prensa,
tuvo que escuchar constantes alusiones por parte de
los periodistas sobre la segura derrota de su equipo.
Y, furioso, dijo: "Garantizo la victoria sobre los Colts".
Los Jets ganaron por 16 a 7.

 **538**

La categoría de Liga Mayor es el máximo circuito
de la Organización Nacional Estudiantil de Fútbol
Americano (ONEFA) desde su constitución en 1978, en
México. Actualmente se conforma por dos conferencias,
cada una con su campeón, en la que participan 17 equipos
que juegan en las siguientes: Conferencia de los 8 Grandes
y Conferencia Nacional. Es el máximo circuito de fútbol
americano que ha tenido el país desde 1930.

 **539**

**En 1912 se creó la zona de anotación. Antes de esto,
se anotaba un *touchdown* saliendo del campo.**

540

La zona de anotación mide 10 yardas de largo
por 53 1/3 pulgadas de ancho.

541

Desde su creación, los Jefes de Kansas City han ganado
ocho títulos de división (dos de la AFL y cinco de la NFL),
tres campeonatos de la AFL (1962, 1966 y 1969) y un Super
Bowl (el IV). Son el primer equipo original de la AFL
que primero ha disputado un Super Bowl.

542

Dean Cain alcanzó la fama por interpretar
a Superman en la serie de televisión "Lois y Clark".
Pero antes fue figura con el equipo de fútbol americano
de Princeton. Al terminar la universidad, Cain ya casi
había firmado con los Buffalo en la NFL, pero una lesión
le impidió jugar en el fútbol profesional.

543

Desde el 2009, los Broncos de Denver comenzaron
a pintar rombos blancos en una de las zonas de
anotación, o a veces incluso los colores del equipo.

El lunes posterior al Super Bowl, la venta de antiácidos se incrementa en 20%.

En 1959, Lamar Hunt comenzó a negociar con otros hombres de negocios la creación de una liga de fútbol profesional, que rivalizaría con la NFL. Hunt contactó con la NFL y pidió crear una franquicia de expansión en Dallas. La NFL lo rechazó, por lo que Hunt fundó la American Football League (AFL) y creó su propio equipo, los Texanos de Dallas, para comenzar a jugar en 1960.

A principios de la década de 1960, la preparación física fuera de temporada no era común porque los jugadores debían trabajar en otra cosa para ganar dinero.

El equipo de los Vaqueros de Dallas fue conocido originalmente como los Dallas Steers, después como los Dallas Rangers. En 1960 se convirtieron en los Vaqueros.

548

Los Bengalas disputaron dos Super Bowls, en
1982 y 1989. Perdieron en ambas ocasiones
contra los San Francisco 49ers.

549

En sus orígenes, todos los equipos universitarios competían
en una categoría única, hasta que en 1955, la NCAA creó
2 categorías: "University Division" (universidades más
grandes) y "College Division" (universidades más pequeñas).
En 1973, cambió esas 2 categorías por 3 nuevas: "División I",
"División II" y "División III", no dependiendo del tamaño
de las universidades, sino de su oferta de becas para
deportistas. En 1978, dividió la División I en otras
2 categorías: la "I-A" y la "I-AA", que en 2006 cambiaron
de denominación a "Football Bowl Subdivision" (FBS)
y a "Football Championship Subdivision" (FCS).

550

El Alamo Bowl se juega desde 1993 en el Alamodome
de la ciudad de San Antonio, Texas. Enfrenta a un
equipo de la Southwestern Athletic Conference (SWC)
contra otro de la Pac-12. La Universidad
de Nebraska fue la primera en lograr 3 victorias.

El Cotton Bowl comenzó a celebrarse en los terrenos de la Feria de Muestras del estado de Texas, cuando el magnate petrolero J. Curtis Sanford pagó personalmente los costos de la primera edición, en 1937. El primer campeón fue la Universidad Cristiana de Texas, más conocidos como TCU Horned Frogs (Ranas Cornudas).

Cuando el portador de la pelota pierde la posesión de esta involuntariamente o se le cae tras haber recibido un pase completo, antes de que la jugada se dé por terminada se produce un *fumble* o balón suelto. El equipo que recupera el balón obtendrá la posesión del mismo. Si el mismo equipo que soltó el balón lo recupera, entonces continúa su serie ofensiva a partir del punto donde lo hayan recuperado. Si es el equipo contrario, entonces ese equipo comienza su ofensiva en esa misma jugada o con un primero y diez en cuanto sean detenidos tras la recuperación del balón.

En 1969 se reestructuró el fútbol americano colegial mexicano y se creó la Liga Nacional Colegial que duró hasta 1977.

554

En el Super Bowl XX, durante la ceremonia de lanzamiento de moneda, el árbitro pidió al capitán de los Osos de Chicago (Walter Payton) que escogiera cara o cruz mientras la moneda estaba en el aire. El árbitro lanzó la moneda y cayó sobre el terreno de juego sin que Payton abriera la boca. Cuando la moneda finalmente se detuvo dijo "cara". El árbitro no puso objeción alguna y dio la posesión a los Osos. Chicago ganó por 46 a 10.

555

Los Titanes de Tennessee no han ganado nunca el Super Bowl. Lo jugaron en 2000 (Super Bowl XXXIV) contra los Carneros de Los Ángeles. Pudieron ganarlo, pero en la última jugada, el receptor de Tennessee fue tackleado a una yarda del *touchdown*.

556

La Organización Nacional Estudiantil de Fútbol Americano, ONEFA, regula los sistemas de competencia de varias categorías, ligas y conferencias de fútbol americano colegial en México. Está compuesta por más de 100 equipos de diversas Instituciones de Educación Superior y Media Superior de la República Mexicana.

557

En los comienzos del fútbol americano, los uniformes
eran unos pantalones tipo béisbol de una lona ligera
llamada Moleskin y una chaqueta de lona más
pesada, algunas veces un poco acolchonada
o con parches de cuero en ciertas partes.

558

**En 2016, los Delfines de Miami realizaron
una selección de animadoras en Sudamérica.**

559

Entre 2001 y 2004, los Patriotas se convirtieron en el
segundo equipo en la historia de la NFL, tras los Vaqueros
de Dallas, en ganar tres Super Bowls en cuatro años.

560

El "Tochito NFL" es fútbol americano sin contacto.
Cada jugador lleva un cinturón con 2 banderas o pañuelos,
y al momento que le quitan una se detiene la jugada, como
un equivalente a la tackleada. Los pañuelos, que cuelgan
a los lados de la cintura, pueden ir ya sea
con un cinturón o dentro del pantalón corto.

561

Henry Jordan, que fue jugador del mítico entrenador
Vince Lombardi, manifestó sobre él: "Es un hombre justo,
nos trata a todos por igual: como perros".

562

Los Titanes de Tennessee juegan en Nashville.
La franquicia fue fundada en 1960 con el nombre
Petroleros de Houston, uno de los equipos
que fundó la American Football League junto
con los Texanos de Dallas, Cargadores
de Los Ángeles, Buffalo Bills, entre otros.

563

En la actualidad, un jugador solo participa en la ofensiva
o en la defensiva. Ya no se usa la forma de jugar llamada
"*two-way*" o "*Sixty-Minute Men*" en la cual un jugador
participaba en ambos costados en un mismo juego.

564

**Ben Roethlisberger fue el primer *quarterback* de la historia
en ser nombrado "Novato" del año.**

**En 1947, los Cardenales de Arizona ganaron
su último campeonato de la NFL.**

El equipo de fútbol americano del Instituto Tecnológico y
de Estudios Superiores de Monterrey, Campus Monterrey,
es denominado Borregos Salvajes. Su historia se remonta
a 1945, cuando por invitación de la Universidad Autónoma
de Nuevo León (que también acababa de fundar su propio
equipo), un grupo de jóvenes estudiantes de Monterrey
junto a Roberto Guajardo Suárez (rector del instituto)
decidieron fundar el equipo, que se convirtió en el mejor
de la liga en las últimas décadas. De esta manera
nació también uno de los partidos clásicos en la liga
universitaria de fútbol americano (ONEFA).

Toros Salvajes UACH es el equipo representativo
de la Universidad Autónoma Chapingo (antes Escuela
Nacional de Agricultura), con sede en Texcoco, Estado de
México. Participa en la Liga Mayor de México desde 1960.
Hasta el 2016 no había obtenido campeonatos nacionales.

568

El ex *quarterback* Steve Young es un miembro notable
de la Iglesia de Jesucristo de los Santos de los Últimos
Días, y es descendiente directo de Brigham Young,
uno de los primeros presidentes de la Iglesia y en
cuyo honor fue fundada la Universidad Brigham
Young, donde Young estudió.

569

Eduardo Castañeda Menchaca, *linebacker* mexicano,
jugó a nivel universitario con los Borregos Salvajes
del Tec de Monterrey. Con ellos, ganó un tricampeonato
de la ONEFA y fue también parte de la selección
nacional en el Tazón Azteca. Jugó en los equipos
Rhein Fire de la NFL Europa (2007), Texanos de Houston
(2007) y fue parte de los Cardenales de Arizona
que en 2008, perdieron el Super Bowl XLIII.

570

El fútbol americano en México se ha jugado desde
finales de la década de 1890, cuando en los puertos había
una afluencia importante de marinos estadounidenses.
Se organizaban partidos en los que participaban mexicanos
para completar el número de jugadores.

571

En 2014, según un estudio de la doctora Joyce Harp, endocrinóloga de la Universidad de Carolina del Norte, el 56% de los jugadores de fútbol americano pueden ser considerados como obesos, según los estándares médicos.

572

Los Borregos de Monterrey dominaron el fútbol americano estudiantil al ganar los campeonatos de las temporadas 2001, 2002, 2004, 2005, 2006, 2007 y 2008, convirtiéndose en el primer equipo en ganar un Pentacampeonato en la ONEFA.

573

Ramiro Pruneda Zapata fue un *offensive* tackle mexicano que formó parte del equipo Sentinels de Nueva York, de la liga United Football League. En 2006 fue contratado por los Cologne Centurions de la desaparecida NFL Europa. Pruneda también fue miembro de los Jefes de Kansas City y las Águilas de Filadelfia.

574

Los Delfines de 1972 fueron el primer equipo en tener dos corredores que acumularon más de mil yardas cada uno.

575

El tochito bandera se juega en diferentes modalidades. Debido a que no hay un organismo oficial que sea encargado de establecer, modificar y hacer cumplir las reglas: cada liga, torneo, organización o región puede tener las propias, y así ha surgido el tocho bandera con 11 jugadores y las versiones de 9, 8, 7, 6, 5 y hasta 4 jugadores.

576

En México, existe el "Tochito NFL Escolar", con torneos en 7 categorías para niños y jóvenes de 6 a 25 años. Es un torneo que dura 8 semanas, se saca un campeón por ciudad, luego uno estatal y finalmente uno nacional. Al equipo ganador a nivel nacional lo llevan a un partido de la NFL en Estados Unidos.

577

Los Cóndores UNAM fue fundado en 1970, y en 1998 dejó de existir debido a una reestructuración del programa deportivo de la Universidad Nacional Autónoma de México, a la cual representaba. Fue uno de los equipos con más seguidores del país y una de las escuadras más importantes del país en el siglo XX, ya que obtuvo 10 Campeonatos Nacionales.

578

Los Frailes del Tepeyac representan al Colegio
y Universidad del Tepeyac, México. Se los ha
conocido como los "Roj@s", "Roj@s
de Lindavista" o "La Marabunta Roja".

579

Halcones de la Universidad Veracruzana,
mejor conocidos como Halcones UV, son el equipo
colegial de la Universidad Veracruzana, Campus
Xalapa, Veracruz, México. Compiten en la
Conferencia Nacional de la ONEFA, desde 2003.

580

En la ciudad de Cleveland, los aficionados eligieron
el nombre de Browns para el equipo de la NFL
por el entrenador en jefe del mismo: Paul Brown.

581

Ray Lewis fue el MVP del Super Bowl de los Cuervos
el año 2000. Luego, a sus 37 años ganó su segundo
Super Bowl, siendo el único sobreviviente de la primera
plantilla del equipo de Baltimore, fundado en 1996.

582

En el film *Star Wars: Ataque de los Clones*,
estrenada en 2002, hay una escena en un bar
en el cual se está transmitiendo un partido de fútbol
americano en donde los jugadores son robots.

583

En el fútbol americano el balón suele
ser más puntiagudo en los extremos y en
el rugby suele ser más grande en el medio.

584

Alrededor de 4.500 exjugadores han demandado
a la NFL debido a lesiones en la cabeza sufridas
durante sus carreras.

585

En fútbol americano los jugadores llevan elementos
duros y cascos que les cubren las cabezas y caras;
hombreras grandes y firmes y rellenos en las rodillas.
En el equipamiento de rugby no hay rellenos o son
muy ligeros; no está permitido llevar elementos duros
ni siquiera como protección.

586

El corredor de los Acereros DeAngelo Williams se casó al estilo de *The Walking Dead*. El jugador publicó en sus redes un video de su boda. En la iglesia, en el jardín, en la fiesta, todos fueron parte de una caracterización al estilo zombi.

587

Devin Thomas, jugador ya retirado, tiene un tatuaje que homenajea a la serie de dibujos animados de Dragon Ball: un inmenso Goku en su espalda. En el lado izquierdo de su torso aparece dibujado Conan, el bárbaro, y Wolverine, ocupa su bíceps.

588

Christian Fuchs, defensor de Leicester City campeón de la Premier League en 2016, afirmó que tenía la ambición de convertirse en pateador de la NFL. Y agregó: "Sé que puedo patear goles de campo de 60 a 65 yardas".

589

El 78% de los jugadores de la NFL caen en bancarrota en los 2 años siguientes de terminar su carrera.

590

Los Potros Salvajes UAEM es el equipo de la Universidad Autónoma del Estado de México, con sede en Toluca. Fundado en 1958, jugó en categorías menores hasta 1981, cuando se creó la escuadra de Liga Mayor. Desde entonces participa en la Conferencia Nacional de la ONEFA.

591

En el film biográfico *Concussion* (*La verdad oculta*), Will Smith interpreta al doctor Bennet Omalu, un patólogo forense nigeriano que luchó contra los esfuerzos de la NFL de suprimir su investigación sobre la incidencia de Encefalopatía Traumática Crónica (ETC) entre los jugadores de fútbol profesional. Esta enfermedad neurodegenerativa se origina por las repetitivas lesiones cerebrales que reciben quienes practican deportes de contacto, como el fútbol americano, rugby, boxeo, etc.

592

En la NFL, el intento de punto extra debe ocurrir siempre después de un *touchdown* anotado en el tiempo regular, no en la prórroga.

593

Existe un grupo de "Porristas de la Ciencia".
Está conformado por animadoras de la NFL y NBA
con títulos como ingeniera aeroespacial, bióloga,
neuróloga, etc., que dedican gran parte de su tiempo
para motivar a jóvenes a estudiar.

594

En 1989, Deion Sanders jugaba en la NFL y las Ligas
Mayores de Béisbol al mismo tiempo. Y en una semana
anotó un *touchdown* y bateó un *home run*. Por otra parte,
es el único jugador que ha participado en una Serie
Mundial y un Super Bowl.

595

Un Super Bowl siempre se juega con césped nuevo.

596

Los Condors son un equipo profesional mexicano
con sede en Xochimilco, Ciudad de México. Pertenecen
a la Liga de Fútbol Americano Profesional de México
(LFA), y junto con Eagles, Mayas y Raptors fundaron
la liga en la temporada 2016.

597

La selección de fútbol americano de México representa
a su país en competencias internacionales como el Tazón
Azteca, la Copa Mundial de Fútbol Americano (disputada
desde 1999) y la Copa Mundial Juvenil IFAF 2009.
Es administrada por la Federación Mexicana
de Fútbol Americano.

598

Al salir a cenar con su familia, el ex *quarterback* Kurt
Warner y sus hijos observan las mesas a su alrededor
y al terminar de comer, deciden pagar la cuenta
de alguien sin que la persona lo sepa.

599

Para el Super Bowl 50, y luego de que los San Francisco 49ers
y los Carneros de Los Ángeles jugaran el último partido de
temporada regular, se retiró el césped y se transportó uno
nuevo en 29 camiones desde la ciudad de Livingston, a 177
kilómetros. Fueron en total 669 toneladas de hierba.

600

El Super Bowl XLIX de 2015 tuvo 28 millones de tweets.

601

En los comienzos del fútbol americano,
los jugadores eran amateurs; muchos integraban
equipos creados por los clubes atléticos que surgieron
en todo Estados Unidos a partir de 1865.

602

Dan Marino fue el primer *quarterback* en la NFL
en acumular 6 temporadas de 4.000 yardas o más
(1984-86, 1988, 1992, 1994).

603

Muchas veces en las jugadas de carrera hay engaños.
Están diseñadas para que el *quarterback* haga la mímica
de que le entregará el balón a un corredor, pero en realidad
se lo entrega a otro, o se lo queda y corre él mismo,
o lanza un pase.

604

El *quarterback* Daunte Culpepper en 2004 estableció
el entonces récord de la NFL para el mayor
número de yardas de temporada conquistadas
por un mariscal de campo con 5.123.

**605**

Siendo Pat Bowlen dueño de los Broncos,
la fundación Denver Broncos Charities Fund,
nacida en 1993, donó más de 25 millones de dólares
a comunidades vulnerables de la región.

606

Cuando el equipo de construcción del nuevo
estadio de Oregon State excavaba para continuar
con el proyecto de expansión del inmueble,
fueron hallados los huesos de un mamut.

607

Al igual que en el fútbol, el fútbol americano
tiene 22 jugadores en el campo de juego. Incluso,
algunas referencias de posiciones del primero
son usadas en el fútbol americano,
como los términos *"halfback"* y *"fullback"*.

608

En 2014, los jugadores de la NFL ganaban, en promedio,
alrededor de 2.1 millones de dólares por año.

609

Los Centinelas del Cuerpo de Guardias Presidenciales
son el equipo de este organismo del Estado Mayor
Presidencial. Ha participado desde 1987 en la Liga
Mayor de la ONEFA, obteniendo en 1990 el campeonato
de la Conferencia Nacional. Su estadio, el Joaquín Amaro,
en la Ciudad de México ha albergado series finales
en infantiles, inauguraciones y sirvió
de casa a otros equipos de la ONEFA.

610

En 2006, Michael Vick (con 1.039 yardas)
y Warrick Dunn (con 1.140) se convirtieron
en la primera pareja *quarterback* y corredor en la historia
de la NFL en sobrepasar cada uno la marca
de las 1.000 yardas por tierra en la misma temporada.

611

La falta de buenos jugadores, debido a que muchos fueron
a la Segunda Guerra Mundial, forzó a la NFL a cambiar
sus reglas para permitir reemplazos libres. La liga trató
de reimplementar sus restricciones después de la guerra,
pero los reemplazos fueron tan populares que, en 1949,
cancelaron las restricciones de manera permanente.

612

El primer uniforme de los Broncos de Denver fue mal
recibido por su afición: los cascos eran de color café,
al igual que las camisas y pantalones que eran combinados
con un color mostaza y blanco. Sus calcetines eran
rayados en forma vertical. Dos años después, debido a las
críticas, los Broncos organizaron un evento público en el
que quemaron sus uniformes. A partir de la década de 1960,
los Broncos comenzaron a utilizar los colores naranja,
azul marino y blanco, que se mantienen hasta hoy.

613

**En la NFL, los *quarterbacks*
solo pueden utilizar números del 1 al 19.**

614

A medida que la competencia entre los clubes se hizo
más intensa en Estados Unidos a fines del siglo XIX,
muchos equipos trataron de eludir la condición de
amateurs de sus jugadores para no perderlos. Así buscaban
trabajos para sus estrellas, premiaban a los jugadores
con trofeos o relojes costosos que podrían empeñar,
o duplicaban su dinero de gastos. Pero ninguno
pagaba un salario, al menos no abiertamente.

615

La menor cantidad de puntos anotados en conjunto
en la historia del Super Bowl se dio en la edición VII:
Delfines de Miami 14 - Pieles Rojas de Washington 7.

616

Muchos de los tatuajes que lleva el *quarterback* Colin
Kaepernick son de índole bíblica. Tiene plasmados
un par de salmos. El primero es el 18:39 que dice:
"Tú me ceñiste con fuerza para la batalla, doblegaste
ante mí a mis agresores". El segundo es el 27:3 que
menciona: "Aunque me sitie un ejército, mi corazón
no temerá; aunque estalle una guerra contra mí, no
perderé la confianza". En su pecho tiene tatuado la frase:
"Against all odds" ("Contra todos los pronósticos").

617

La AFL, creada en la década de 1960, introdujo cambios
a este deporte. Instalaron un reloj oficial visible
para los aficionados durante el juego, los nombres de
los jugadores en las camisetas y un sistema ofensivo más
agresivo por pases al aire, facilitado por una nueva regla
de sustituciones libres durante el encuentro, lo que llevó
finalmente a la especialización de las posiciones.

El *quarterback* Aaron Rodgers de los Empacadores de
Green Bay acusó a Darryl Tapp, de Seattle, de morderlo
en una pila de jugadores cuando trataba de recuperar
el balón luego de un *fumble* durante un juego en 2008.

Con el correr de los años, el tamaño de la lista
de los equipos creció debido a la posibilidad de realizar
reemplazos múltiples. Los equipos fueron de 16 jugadores
en "lista activa" disponibles para jugar en cada partido en
1925, a 30 en 1938 y 40 en 1964. Desde la temporada de 2011,
cada equipo puede identificar 46 jugadores activos
y 7 inactivos antes de cada partido.

En la historia de la NFL, cinco partidos registran
el marcador más bajo (2-0). En tres de ellos están
involucrados los Empacadores de Green Bay.

El primer equipo de la NFL en tener porristas
varones fueron los Cuervos de Baltimore.

Víctor Cruz, receptor abierto que jugó en los Gigantes de Nueva York, solía celebrar sus *touchdowns* con un baile de salsa en la zona de anotación. Su madre era puertorriqueña, aunque Víctor nació en Nueva Jersey.

En 1974, la NFL agregó un periodo de tiempo suplementario para resolver los partidos de pretemporada y de temporada regular que resultaban en un empate al finalizar el tiempo reglamentario.

Un análisis del peso del jugador promedio por posición, que usó los datos de la NFL, indicó un rango de 193 libras (87.5 kilos) para los esquineros a 315 libras (143 kilos) para los guardias ofensivos.

Con 6 pies y 2 pulgadas de altura y 226 libras de peso, el corredor del Salón de la Fama de 1930 Bronko Nagurski era más grande y más pesado que muchas de las estrellas de hoy.

626

Desde 2009, en octubre la NFL lanza una campaña de concientización contra el cáncer de mama. El programa "A Crucial Catch" es responsable de que jugadores, árbitros y porristas de la NFL ostenten visibles elementos de color rosa para recaudar fondos e impulsar la campaña de prevención. La idea es despertar conciencia en las mujeres e incitarlas a realizarse estudios para prevenir y/o tratar a tiempo la enfermedad.

627

Se considera un pase completo cuando el jugador receptor atrapa el balón y asegura su posesión dentro del campo. Debe tener los dos pies dentro del campo al mismo tiempo. Si acaso salta para recibir, un pase también es válido siempre que sus dos pies toquen el terreno de juego, aunque sea a destiempo, pero siempre y cuando ambos lo hayan hecho tras recibir el pase. En este caso, la jugada continúa hasta que el jugador sea detenido.

628

En 2016, la NFL aprobó la expulsión automática después de que un jugador reciba dos faltas de "conducta antideportiva".

629

Hasta 1955, los árbitros utilizaban un saludo tipo militar
para cobrar infracciones por rudeza innecesaria. Le pidieron
a la NFL que lo cambiara porque los niños confundían
la señal de fútbol americano con el saludo a la bandera
de la nación. La NFL cambió la señal a una muñeca
sobre la cabeza, y luego la modificó a la actual:
una muñeca golpea a la otra sobre la cabeza.

630

El premio "Walter Payton" al "Hombre del Año"
es entregado anualmente por la NFL honrando el trabajo
de un jugador en las áreas de caridad y voluntariado, así
como su excelencia en el campo de juego. Antes de
1999, el premio era llamado simplemente el "Premio
al Hombre del Año de la NFL". Poco después de la muerte
del corredor Walter Payton de los Osos de Chicago
(que había recibido ese premio en 1977) el nombre fue
cambiado para hacerle honor a su labor humanitaria.

631

El ganador del premio al "Hombre del año" recibe
una donación de 25.000 dólares a su nombre
para la obra de caridad de su elección.

632

El miembro del Salón de la Fama Wilbur "Pete" Henry,
alias "Gordo", fue uno de los linieros más grandes y
dominantes de la NFL en la década de 1920 con 5 pies
y 11 pulgadas de altura (1.80 metros) y 245 libras (112 kilos).
Pero era muy pequeño en comparación con los jugadores de
la década de 2010, como el guardia de Nueva Orleans Jahri
Evans con 6 pies y 4 pulgadas (1.92 metros) y 318 libras
(¡Casi 145 kilos!).

633

Raúl Allegre es un expateador de fútbol americano de
la NFL que jugó durante las décadas de 1980 y 1990. En la
temporada de 1986, firmó con los Gigantes de Nueva York,
ayudando a ganar dos Super Bowls: el XXI ante los Broncos
de Denver y el XXV contra los Buffalo Bills. Allegre nunca
tuvo una patada bloqueada. Luego trabajó como periodista
de televisión en la cadena estadounidense ESPN Deportes.

634

El primer jugador que logró ganar 5 veces el premio
al Jugador Más Valioso del Día de Acción de Gracias fue
el excorredor de los Vaqueros de Dallas, Emmitt Smith:
en 1990, 1992, 1994, 1996 y 2002.

En 2017, la publicidad de *Snickers* fue la primera
de la historia en salir en directo, no grabada, durante
un Super Bowl. El protagonista fue Adam Driver,
de "Star Wars", Episodios VII y VIII.

El receptor Pierre Garçon nació en Estados Unidos,
pero es descendiente de haitianos. La preocupación
por las pobres condiciones de este país caribeño, sobre todo
después del terremoto de 2010, lo llevó a fundar la Pierre
Garçon Helping Hands Foundation, con la que ofreció
ayuda a los damnificados. Garçon trabajó directamente
en la reconstrucción de un orfanato en el noroeste
de Haití y de una escuela, cerca de Puerto Príncipe.

El defensivo Troy Polamalu, durante toda su carrera
en la NFL, nunca se recortó el cabello. Su cabellera
siempre fue su distintivo, tanto que en 2010 la empresa
Procter & Gamble la aseguró por un millón de dólares.
Su melena fue tan famosa que aparece en la canción
"Untitled" de Eminem: "I flow like Troy Polamalu's
hair" ("Yo fluyo como el cabello de Troy Polamalu").

**San Francisco fue el primer equipo
en ganar cinco veces el Super Bowl.**

En 2015, los festejos por parte de los fans de los Halcones
Marinos de Seattle en su encuentro contra las Panteras
de Carolina fueron registrados por un sismógrafo situado
en el CenturyLink Field, estadio donde Seattle juega de
local. La jugada en la que Kam Chancellor interceptó
un pase y condujo 90 yardas el balón para anotar
fue la mejor, de acuerdo al sismógrafo.

A principios de 1920, la mayoría de los graduados
universitarios decidían no jugar en la liga profesional.
Para muchos significaba descender un escalón
con respecto al fútbol americano universitario.

Un apagón frenó el Super Bowl XLVII durante 35 minutos
en la final entre los San Francisco 49ers y los Cuervos
de Baltimore, en 2013.

642

El 11 de diciembre de 1983 los Potros les ganaban a los Broncos por 19 a 0 faltando pocos minutos para terminar el cuarto cuarto. Entonces el mariscal de campo de Denver, John Elway, lanzó tres *touchdowns*, el último de 26 yardas a 44 segundos del final del partido para ganar por marcador de 21-19. Este fue el comienzo de una serie de cuarenta y siete regresos similares que logró a lo largo de su carrera.

643

Linebacker (conocido en América Latina como "apoyador") es una posición defensiva inventada por el entrenador Fielding H. Yost, de la Universidad de Míchigan. Se alinean aproximadamente de tres a cinco yardas por detrás de la línea de golpeo, por detrás de la línea defensiva. El número de apoyadores depende de la formación que se necesita en el juego. En algunas, ninguna. En otras, hasta siete.

644

En 1975, la NFL les proporcionó micrófonos a los árbitros principales para que pudieran dar aclaraciones en el campo a los equipos, a los medios y a los fanáticos.

645

El "Centro" es la acción que realiza el *center* al pasar el balón entre sus piernas desde la línea de *scrimmage* al *quarterback* para iniciar la mayoría de las jugadas. Existen dos modos de entrega: centro corto (directamente de la mano del centro a la mano del *quarterback*) y largo (el balón es lanzado hacia atrás).

646

El fútbol americano es una serie de juegos cortos con mucha acción seguidos de reagrupación del equipo para preparar el siguiente juego. En el rugby la acción en el juego se para durante cortos períodos de tiempo: hay juego en marcha casi todo el tiempo.

647

Forest Whitaker, actor, productor y director de cine estadounidense, estudió en la secundaria de Palisades, en donde fue tackle defensivo. Luego asistió a la Universidad Politécnica Estatal de California, con una beca para este deporte, pero tuvo que abandonarla debido a una lesión. Así que se decidió por las artes escénicas.

648

En 2009, los jugadores de Nueva Inglaterra festejaron el cumpleaños de Tom Brady y lo sorprendieron aventándole un pastel en el rostro.

649

El primer equipo profesional de fútbol americano con sede en Miami y el estado de Florida fueron los Miami Seahawks. Entraron en la All-America Football Conference (AAFC) durante su temporada inaugural de 1946. El equipo solo duró un año antes de ser confiscado por la liga.

650

Los Empacadores de Green Bay jugaron 11 partidos en 1919, de los cuales ganaron diez. Su única derrota fue en el último partido de la temporada, contra las Beloit Fairies (las Hadas de Beloit).

651

El nombre de las porristas de Oakland es "Raiderettes", en Nueva Orleans son las "Saintsations".

652

En 2016, el corredor Ezekiel Elliott impuso el récord de más yardas por tierra para un novato de los Vaqueros de Dallas en una temporada. Es el tercer novato en la historia de la NFL en alcanzar las 1.000 yardas en nueve juegos, uniéndose a Eric Dickerson en 1983 y Adrian Peterson en 2007.

653

El 40% de los estadounidenses no quiere que sus hijos practiquen fútbol americano, por considerarlo demasiado peligroso.

654

Ameer Abdullah y Percy Harvin igualan un récord: ambos lograron un regreso de patada inicial de 104 yardas, pero sin anotar *touchdown*. Ambos fueron detenidos una yarda antes de la zona final, siendo así las jugadas más extensas sin anotar un *touchdown* en la historia de la NFL.

655

El equipo de árbitros de la NFL está comunicado inalámbricamente durante todo el tiempo.

En 2016, el *quarterback* de Pittsburgh, Ben Roethlisberger, le pidió a su sastre que les preparara trajes, zapatos, camisas, todo el paquete, a su línea ofensiva para Navidad. Todos los jugadores se reunieron para que les tomaran medidas. El año anterior, toda la línea ofensiva había recibido relojes de platino también cortesía de Roethlisberger.

Tom Brady de los Patriotas de Nueva Inglaterra fue el primer *quarterback* en jugar 6 veces en el Super Bowl.

En inglés: *touchdown*. En español: anotación. En portugués: *anotação*. En hawaiano: *chūshaku*. En checo: *zhŭjiĕ*. En alemán: *anmerkung*.

En la temporada de 1967, en el Lambeau Field hizo tanto frío que el *coach* de los Empacadores, Vince Lombardi, tenía cables de calefacción eléctrica instalados bajo la superficie de juego.

660

En la semana 13 del 2016, la NFL anunció la campaña "My Cause, My Cleats" en la que los jugadores podían usar calzado personalizado para reflejar su compromiso con causas caritativas, y así poder reunir fondos para las mismas subastando su calzado.

661

En la historia del Super Bowl, la Conferencia Nacional logró 13 victorias seguidas desde la edición XIX a la XXXI. Por su parte, la Conferencia Americana ganó 8 de 10 campeonatos entre las ediciones XXXII a la XLI.

662

Para jugadas polémicas, como las que determinan si una parte del ovoide cruzó la línea de anotación, la Universidad Carnegie Mellon, en EE.UU., ha desarrollado un sensor en forma inalámbrica para dar a los árbitros la posición exacta del balón.

663

En el año 2015, Sarah Thomas, se convirtió la primera mujer árbitro de tiempo completo en la NFL.

664

El corredor de los Vaqueros de Dallas, Ezekiel Elliott
se convirtió en 2016 en el primer novato en la historia
de la liga en tener cuatro partidos consecutivos
con más de 130 yardas.

665

Algunas empresas están desarrollando un "casco
inteligente" que cuenta con sensores que calculan
el impacto del golpe a fin de que los médicos en el
terreno evalúen la posibilidad de una conmoción.

666

En 1983, por primera vez, fueron seleccionados
6 *quarterbacks* en la primera ronda del draft: John Elway,
Todd Blackledge, Jim Kelly, Tony Eason,
Ken O´Brien y Dan Marino.

667

Jerry Rice es considerado el mejor receptor de la historia.
Ya como parte del equipo de Mississippi Valley State
University (MVSU), fue apodado "World" (mundo), debido
a que "no había balón en el mundo que no pudiera atrapar".

En 2017, el premio "Walter Payton" al "Hombre del Año" por primera vez recayó en 2 jugadores: Eli Manning de los Gigantes de Nueva York y Larry Fitzgerald de los Cardenales de Arizona.

Durante un partido de local de 1997 contra los San Francisco 49ers, el césped del Lambeau Field de los Empacadores se descongeló, pero el suelo en las líneas laterales permaneció congelado, lo que hizo imposible el drenaje del agua en el centro del campo. Toda la superficie de la hierba y el sistema de drenaje tuvieron que ser reemplazados la semana siguiente, y más tarde nuevamente reemplazados por un sistema de calor de gas natural.

El estadio "Gillette" de los Patriotas de Nueva Inglaterra, cuenta con una red de 360 puntos de acceso para darles internet gratis a los 68.756 fans que asisten a los partidos. Además, posee una aplicación a través de la cual, los fans, en el mismo estadio, pueden seguir cada estadística del partido, pedir nachos y cervezas desde su celular y ver el tiempo de espera para la cola del baño.

671

En 1995, Al Davis, entonces dueño de los Raiders de Oakland, eligió en sexta ronda a Eli Herring. Pero Herring había dejado muy claro a todos los equipos que era mormón y que él no jugaba los domingos, un día sagrado. Al Davis lo sabía, pero igual lo eligió. Los Raiders le ofrecieron a Herring un contrato de tres años y 1.5 millones de dólares, pero lo rechazó, para trabajar como maestro de escuela.

672

En el fútbol americano, cada equipo tiene 11 jugadores en el campo para cada jugada. Sin embargo, ya que el reglamento permite que haya sustituciones ilimitadas, el tipo de jugadores en el campo de juego varía según la situación.

673

George Blanda se mantiene como el jugador más viejo en participar en un equipo, con 48 años de edad. Después de 26 temporadas como profesional, jugó su último partido el 4 de enero de 1976.

674

A cuatro décadas de haber impuesto un récord
que aún persiste en la NFL, al terminar invicto
la temporada de 1972, el equipo de los Delfines de Miami
fue recibido por el entonces presidente Barack Obama
en la Casa Blanca para ser reconocido. "Sé que es poco
ortodoxo recibirlos cuatro décadas después, pero estos
hombres nunca pudieron visitar la Casa Blanca después
de ganar el Super Bowl VII", dijo Obama.

675

"Falta personal flagrante" se aplica cuando ocurre
un contacto físico ilegal tan extremo o deliberado que pone
al jugador contrario en peligro de lastimadura catastrófica.

676

Hay más de 50 cámaras de alta definición
instaladas en los estadios de la NFL, para permitir
una mejor transmisión para los partidos.

677

**Para promover la NFL fuera de las fronteras
de Estados Unidos en 1986 se creó el American Bowl.**

 **678**

Los auriculares *Bose* permiten al *coach* tener una mejor comunicación con los jugadores y su cuerpo técnico. Funcionan a través de bluetooth y su tecnología permite reducir notoriamente el ruido externo.

 **679**

Hay menciones históricas de que nativos americanos practicaban partidos similares al fútbol americano.

 **680**

Hasta 2017, con cinco campeonatos de Super Bowl, los San Francisco 49ers están empatados con sus rivales de conferencia, los Vaqueros de Dallas y con los Patriotas de Nueva Inglaterra. Pittsburgh los supera: tiene 6 Super Bowls en su haber.

 **681**

En 1953, la población de Mauch Chunk, situada en el condado de Carbon del estado de Pensilvania, decidió cambiar su denominación tomando el nombre de una de las grandes figuras de los comienzos del fútbol americano: Jim Thorpe. El atleta jamás estuvo allí.

El exreceptor Keyshawn Johnson, siendo vecino de Justin Bieber, fue hasta la casa del cantante para confrontarlo personalmente luego de que lo viese conduciendo a una velocidad inapropiada mientras pasaba frente a su casa. Conversó con Bieber sobre sus deberes como conductor.

En los *playoffs*, si el resultado sigue siendo un empate al finalizar el tiempo suplementario, los equipos jugarán otro tiempo suplementario. El partido continuará sin importar cuántos tiempos suplementarios se necesiten para determinar un ganador.

~~~ 684 ~~~

El estadio de la Universidad de Phoenix, casa de los Cardenales de Arizona, es un domo, un estadio cerrado, pero con pasto natural. Para que este reciba el sol que necesita para crecer adecuadamente, se ideó un campo de juego corredizo, para deslizarlo hacia afuera del estadio entre partidos y que reciba sol. El campo está sobre 546 ruedas alineadas en una especie de vías. Se desliza a una velocidad de 200 metros por hora. Su viaje le toma 75 minutos de ida y otro tanto de vuelta.

685

El jugador más pesado de todos los tiempos en la NFL
fue Aaron Gibson, liniero ofensivo que entre 1999 y 2010
jugó para las franquicias de Detroit, Dallas, Chicago
y Buffalo. Llegó a pesar 410 libras (186 kilogramos).

686

Los estadios que albergan el Super Bowl deben cumplir
reglas impuestas por la NFL. Por ejemplo, para el 2018,
la ciudad de Minneapolis recibió estas indicaciones:
"Los asientos deben tener medio metro de ancho y al
menos deben haber 70.000 localidades, todas ellas con
respaldo y apoyabrazos. La empresa designada para servir
el catering debe servir productos de los patrocinadores
oficiales y no de otras marcas. Los menús que estarán a
la venta y los precios deben ser aprobados por la Liga".

687

El costo de las multas en la NFL puede ir de 2.893 hasta
57.881 dólares (esta última por hacer contacto físico con
un oficial). Las cantidades pueden superar esos números.
Por ejemplo, a Ndamukong Suh de los Leones de Detroit
por un bloqueo ilegal le aplicaron una multa
de 100.000 dólares.

688

El pateador Sebastian Janikowski, que jugó para Seminoles
de Florida State, fue condecorado por esta universidad
como el primer jugador de su posición en ser seleccionado
en la primera ronda del draft de la NFL en 21 años.

689

Sebastian Janikowski, con los Raiders de Oakland,
convirtió tres de los cinco goles de campo más largos
en la historia de la liga (63, 61 y 57 yardas).

690

La remontada más grande que ha logrado el *quarterback*
Joe Montana fue de 28 puntos. En 1980, su primera
temporada como titular, Montana llevó a San Francisco
a una victoria de 38-35 en el tiempo extra después de tener
un marcador de 35-7 en contra en el tercer cuarto.

691

Actualmente las camisetas están equipadas
con la tecnología "Climacool" que le permite
al jugador tener una temperatura media a lo largo
del partido y así, un mejor rendimiento.

 **692**

Los Jets de Nueva York fueron a jugar a Londres
en el año 2014. Solicitaron llevar 350 rollos de papel
de baño desde Estados Unidos porque, para ellos,
el papel británico era muy delgado.

 **693**

El ya retirado *linebacker* Bill Romanowski -tras 16 años
en la NFL como jugador de los San Francisco 49ers,
Águilas, Broncos y Raiders- se dedicó a la actuación.
Apareció en películas como: *The Benchwarmers*,
Get Smart y *The Longest Yard*.

 **694**

En la década de 1960, la AFL incluía a jugadores
afroamericanos con mayor asiduidad y reclutaba
activamente a jugadores de Universidades históricamente
descartadas y marginadas por la NFL.

 **695**

Durante el 2010, la NFL donó 500.000 dólares
a la Cruz Roja para las víctimas del terremoto
en Haití, provenientes de multas a jugadores.

696

Ser animadora del fútbol americano podría llegar a
ser sinónimo de deportista olímpico, ya que el Comité
Olímpico Internacional (COI) reconoció en 2016 el
cheerleading como deporte.

697

Terry Bradshaw, ganador del Super Bowl con los Acereros,
fue el primer jugador de la NFL en contar con una
estrella en el Paseo de la Fama de Hollywood.

698

En el fútbol colegial los receptores pueden usar
cualquier número, pero en la NFL solo pueden
usar números entre el 10 y el 19, y entre 80 y 89.

699

En la reunión para las reglas de 1882, Walter Camp propuso
que se requiriera que el equipo avanzara un mínimo de
cinco yardas entre tres *downs*. Estas reglas de distancia-
anotación combinadas con el establecimiento del tackleo
transformaron el juego de una variación clara del rugby.

700

El Fiesta Bowl es un partido anual de fútbol
americano universitario entre equipos de la NCAA.
A partir de noviembre de 2016, comenzó
a ser patrocinado por PlayStation.

701

Las dos formas básicas de desarrollar una jugada en el
fútbol americano son con ataques terrestres (acarreando
el balón) o con ataques aéreos (lanzando pases).

702

Columbia University fue la tercera institución
en crear un equipo de fútbol americano: Los Leones.
El 12 de noviembre de 1870 debutaron y fueron derrotados
por Rutgers 6 a 3. El juego era, en ese entonces,
desorganizado y los jugadores pateaban y peleaban
entre sí tanto como luchaban por la pelota.

703

La violencia en el fútbol americano
en sus comienzos provocó un escándalo
tal que en 1871 no se jugó ningún partido.

704

**La NFL tiene previsto transmitir
en vivo partidos en realidad virtual.**

705

Para bajar la cantidad de accidentes, al menos en
los entrenamientos, algunos equipos comenzaron
a utilizar muñecos robóticos diseñados por la
empresa Mobile Virtual Players para simular
tackles y otras situaciones de juego.

706

La NFL aseguró que las conmociones disminuyeron
en 2016 un 11.3% con respecto a la temporada anterior:
pasaron de 275 a 244 futbolistas accidentados.

707

El primer juego en el cual un equipo anotó más
de 100 puntos fue el 25 de octubre de 1884, cuando
Yale le ganó a Dartmought 113-0. También fue la primera
vez que un equipo anotó más de 100 puntos y el equipo
contrario ninguno. A la semana siguiente,
Princeton le ganó a Lafayette 140-0.

Para que se pueda comenzar una jugada sin ningún tipo de penalización, de forma legal, tiene que haber un número determinado de jugadores del equipo atacante alineados en la línea de *scrimmage*. Se necesitan siete jugadores: cinco jugadores de la línea ofensiva y al menos dos receptores.

En el año 2007, Tom Brady se convirtió en el primer *quarterback* en llevar a su equipo a obtener el récord de triunfos 16-0 en la temporada regular. Sin embargo, ese año perdieron la final del Super Bowl.

Burt Reynolds jugó como *halfback* en Florida State, y tras sufrir una serie de lesiones de rodilla no pudo jugar en la NFL. Decidió iniciarse como actor, donde tuvo éxito en innumerables películas, principalmente en las décadas de 1970 y 1980.

El último equipo de porristas de la NFL en formarse fue el de los Jets de Nueva York, en 2007.

El ex *quarterback* Dan Marino, tras su ingreso
en el Salón de la Fama de la NFL en 2005, se dedicó
a comentar los partidos de fútbol americano y a hacer
pequeños papeles en películas, como en *Little Nicky* (2000),
donde le pide al diablo una victoria en el Super Bowl.
También actuó en *Ace Ventura: Pet detective*, donde
era secuestrado por el personaje psicópata Ray Finkle.

En 2013, los Delfines de Miami propusieron
que el Super Bowl 50 se llevara a cabo sobre
un portaaviones anclado en su ciudad.

El 28 de diciembre de 1905, 62 escuelas se reunieron
en la ciudad de Nueva York para discutir cambios en
las reglas para hacer el juego más seguro. Como resultado,
se formó el Intercollegiate Athletic Association de los
Estados Unidos, más tarde llamado la National Collegiate
Athletic Association (NCAA). Para reducir las lesiones se
introdujo el pase hacia adelante. Aunque fue poco utilizado
por años, resultó ser uno de los cambios en las reglas más
importantes en la creación del juego moderno.

715

Para el equipo ofensivo la línea de *scrimmage* marca
el límite donde el balón puede ser pasado hacia adelante.
Una vez cruzando este punto los pases solo pueden
ser enviados lateralmente o hacia atrás.

716

Jacoby Jones en el Super Bowl XLVII, jugando
para los Cuervos de Baltimore regresó el ovoide 109 yardas
contra los San Francisco 49ers. Así, logró el regreso
de patada más largo en un partido de Super Bowl.

717

En 1910, el reglamento se cambió y el equipo ofensivo
debía tener al menos 7 jugadores en la línea de *scrimmage*
al momento de sacar el balón. Además, se impidió
empujar, jalar o tomar al contrario de los cinturones
y uniformes. Estos cambios redujeron en gran medida
el potencial de lesiones de colisión.

718

**En 1914, se llevó a cabo el primer castigo
por atacar al *quarterback* antes de tiempo.**

Un juego interuniversitario se jugó por primera
vez en el estado de Nueva York cuando Rutgers
enfrentó a Columbia el 2 de noviembre de 1872.
También fue el primer empate sin goles en la historia.

Dar patadas al balón está permitido en el rugby.
En el fútbol americano solo se puede patear
el balón en situaciones muy específicas y suele resultar
en la toma de posesión del balón por el equipo contrario.

En 2016, en la semana 16, el *quarterback* Blake Bortles
y el Receptor Marqise Lee, de los Jaguares de Jacksonville,
se convirtieron en el primer par de compañeros
en la historia de la NFL en lanzarse pases de *touchdown* de
al menos 20 yardas uno para el otro en el mismo partido.

En 1972, los Acereros lograron su octava aparición
consecutiva en postemporada. En el 41 aniversario de Art
Rooney como dueño, el club ganó su primer Super Bowl.

 **723**

En enero de 1902 se disputó el primer Rose Bowl, en que Michigan derrotó a Stanford por 49-0. Antes de ese partido, y desde 1890, en Pasadena (California) se celebraba el "Torneo de las Rosas", un festival que reunía distintos encuentros deportivos y lúdicos. Cuando el torneo fue presidido por James Wagner, amante del fútbol americano, propuso enfrentar a un equipo de la costa oeste con otro procedente del este. Así se configuró el primer Bowl de la historia.

 **724**

En 2016, los Acereros de Pittsburgh llegaron a 601 victorias en temporada regular, uniéndose a Chicago (744), Empacadores de Green Bay (730) y los Gigantes de Nueva York (684) como los primeros equipos en la historia de la NFL en alcanzar más 600 victorias en esta fase.

 **725**

La regla de la conversión de dos puntos se estableció en el fútbol americano colegial en 1958. También fue usada en la AFL, durante su existencia a comienzos de la década de 1960, pero la NFL recién la adoptó en 1994.

El 15 de enero de 1978, en el Super Bowl XII, Red Grange se convirtió en la primera persona fuera de los árbitros en "hacer el volado" en un Super Bowl.

El 3 de septiembre de 1895 se llevó a cabo el primer juego totalmente profesional, en Latrobe, Pensilvania, entre la Asociación Atlética de Latrobe y el Athletic Club Jeannette. Latrobe ganó 12-0. Durante este juego, el *quarterback* de Latrobe, John Brallier, se convirtió en el primer jugador en admitir abiertamente que se le pagaba. Eran 10 dólares más gastos por jugar.

Un profesor de ingeniería biomecánica en la Universidad de Purdue, Eric Nauman, ha desarrollado y patentado un casco que reduce la fuerza G que llega al cerebro de los jugadores en un 50%.

Todos los árbitros que participan en un Super Bowl también se llevan su anillo a casa.

730

Tennessee y Virginia Tech rompieron un récord de asistencia en la historia del fútbol americano, tanto universitario como de la NFL. El encuentro se realizó el sábado 10 de septiembre de 2016 en el autódromo de Bristol y asistieron 156.990 espectadores. A los organizadores les llevó 19 días en transformar el centro del autódromo en una cancha de fútbol americano.

731

Dirigido por Fielding H. Yost, Michigan se convirtió en la primera potencia estadounidense de este juego. De 1901 a 1905, Michigan tuvo una racha invicta de 56 partidos que incluyó, en 1902, jugar en el primer partido de postemporada de fútbol americano universitario, el Rose Bowl. Durante esta racha, el equipo anotó 2.831 puntos, mientras que a ellos solo les anotaron 40.

732

Calvin Johnson fue receptor para los Leones de Detroit. El 22 de diciembre de 2012, rompió el récord de Jerry Rice de yardas por aire en una temporada (1.848). Johnson terminó con 1.964 yardas, un promedio de casi 123 yardas por juego. También empató el récord de Michael Irvin, 11 juegos de al menos 100 yardas en una temporada.

733

Los Angeles Memorial Coliseum, donde juegan los
Carneros, ha aparecido en películas como: *The Last
Boy Scout, Jerry Maguire, Simone* y *World War Z.*

734

En 1938, la compañía Riddell de Chicago inventó
el casco de plástico, que tenía mejor acolchamiento
y además, contaba con protección para el rostro.
Diez años después, todos los jugadores de la NFL
llevaron un casco de este material.

735

Los San Francisco 49ers ganaron el mayor número
de partidos regulares en una temporada de la NFL
en las décadas de 1980 (104) y 1990 (113).

736

Los jugadores de la línea ofensiva no pueden recibir
pases, pero pueden correr, aunque no es muy común.
Excepto el centro cuando realiza un *snap,*
normalmente estos jugadores no toman el balón
a menos que recuperen un *fumble.*

737

Los Cardenales de Arizona se mudaron a la ciudad de Saint Louis en 1960, cambiándose el nombre a... Cardenales de St. Louis. En 1988 se mudaron a Phoenix, Arizona, con un nombre nuevo... los Cardenales de Phoenix. En 1994 se mudaron a Glendale, Arizona, con el antiguo nombre de... Cardenales de Arizona.

738

Jugando para los Potros de Indianápolis, el receptor Marvin Harrison logró un récord de 143 recepciones en una sola temporada. Junto a Peyton Manning lograron el récord de un *quarterback* y un receptor con más pases completos entre ellos mismos, con 953.

739

Wilson, fabricante oficial de "Duke", ovoide con el que se juega en la NFL, produce 4.000 balones al día en su planta de Ada, Ohio.

740

Eric Dickerson corrió 2.105 yardas
en una sola temporada: 1984.

En el Super Bowl VI jugado en 1972, Dallas le ganó
a Miami por 24 a 3. Fue el primer Super Bowl
en la historia en el cual un equipo mantuvo
a su rival sin conseguir un *touchdown*.

Algunas señales que usan los árbitros hoy en día -*safety*,
anotación y sujetando- son similares a las que
se utilizaban décadas atrás. Otras señales tempranas,
como los brazos cruzados para indicar que un equipo
rechazó una infracción, se modificaron con el tiempo,
a medida que se introdujeron señales más nuevas.

Derrick Thomas, jugando para los Jefes de Kansas City,
en 1990 logró un récord de 7 capturas de *quarterback*
en un solo juego contra los Halcones Marinos de Seattle.

El 7 de octubre de 1945, jugando para los Empacadores,
Don Hutson anotó 29 puntos en un solo cuarto,
marca que sigue vigente en la NFL.

El 25 de noviembre de 1911, Kansas y Missouri jugaron el primer partido de fútbol de "homecoming" (celebrando el regreso a clases). El juego fue "transmitido" jugada a jugada por telégrafo a por lo menos 1.000 aficionados en Lawrence, Kansas. (*En 1911 no había radios ni televisión, tú que ahora mandas 700 whatsapps por minuto*).

Clay Matthews III, *linebacker* de los Empacadores de Green Bay, provino de una familia con gran tradición en este deporte. Su abuelo Clay Matthews Sr. jugó 4 temporadas con San Francisco en la década de 1950. Su padre Clay Matthews, Jr. jugó 19 temporadas en Cleveland y Atlanta. Su tío, Bruce Matthews, que jugó con los Petroleros de Houston/Titanes de Tennessee, es miembro del Salón de la Fama y considerado uno de los más grandes linieros ofensivos en la historia. Al ganar Clay III en el Super Bowl XLV, se rompió una "maldición" de la familia Matthews, ya que su padre Clay Jr. y su tío Bruce nunca pudieron ganarlo.

En 1873, los equipos se redujeron de 25 jugadores a 20.

748

Otto Graham tuvo 10 apariciones consecutivas
en 10 Juegos de Campeonato, cuando no existía el Super
Bowl. También es conocido por ser una de las dos personas
en ganar campeonatos en dos de los cuatro deportes más
importantes de Estados Unidos: en 1946 un campeonato
de baloncesto de la NBL (que se convirtió en la NBA)
y 3 campeonatos de la NFL. El otro es Gene Conley,
que ganó en béisbol y baloncesto.

749

El pateador Cairo Santos, con los Jefes de Kansas City,
en el 2014 se convirtió en el primer jugador
nacido en Brasil en la historia de la NFL.

750

En 2009, Jake Olson perdió por completo la vista. En
2015 fue autorizado por la NCAA para practicar con
los Trojans del Sur de California como especialista
en centros largos. Contaba con una beca especial para
deportistas con discapacidades físicas. Olson también hizo
intentos de gol de campo en el equipo de su preparatoria
en Orange, California. Sus compañeros lo ayudaban a
alinearse, pero después él se valía por sí mismo para patear.

751

El 11 de diciembre de 2016, el corredor Le'Veon Bell
rompió la marca de yardas terrestres de los Acereros
de Pittsburgh al correr 236 yardas en la nieve,
en el triunfo sobre Buffalo 27 a 20.

752

En 2005, el apoyador Mike Vrabel de los Patriotas
de Nueva Inglaterra se convirtió en el primer jugador
en lograr dos *touchdowns* y una captura
de mariscal en un mismo partido.

753

En 2011, por primera vez en la historia, un equipo
de la NFL se clasificó a *playoffs* con un récord perdedor.
Los Halcones Marinos de Seattle terminaron
la campaña con 7 victorias y 9 derrotas.

754

El *quarterback* Jim Hardy jugando para los Pieles Rojas
de Washington sufrió 8 intercepciones en la derrota
45 a 7 frente a las Águilas de Filadelfia,
el 24 de septiembre de 1950.

755

El programa de fútbol americano del Tecnológico de Monterrey, Campus Toluca, inició en 1990 con una categoría juvenil. En 1995 comenzaron en la Liga Mayor. Participaron en la Conferencia Nacional de la ONEFA con marca de un juego ganado y siete perdidos. El 2001 fue el primer año en el que llegaron a la postemporada. Pero el equipo fue derrotado en el juego de semifinal por el que luego sería el campeón: los Borregos Salvajes del Campus Monterrey.

756

En 2005, algunos partidos de los Santos se disputaron en San Antonio (Texas) porque el huracán "Katrina" destruyó la ciudad de Nueva Orleans.

757

La temporada regular de la NFL consiste en un calendario de diecisiete semanas durante las cuales cada equipo tiene una de descanso (denominada *bye week*). La temporada comienza la noche del jueves de la primera semana completa de septiembre (el jueves posterior al Día del Trabajo en Estados Unidos) y prosigue hasta fines de diciembre o los primeros días de enero.

El fútbol americano universitario es el tercer deporte
más popular en Estados Unidos, con un 12%
de los encuestados considerándolo como su favorito.
Así, el 42% de los estadounidenses consideran algún
nivel de fútbol americano (profesional o universitario)
como su deporte de preferencia.

Los Cincinnati Reds fueron un equipo de la NFL
que jugó en la temporada de 1933 y los primeros
juegos de la temporada de 1934. Fue suspendido por la falta
de pago de las cuotas de la liga. Los St. Louis Gunners
reemplazaron a los Reds en el calendario por los tres
últimos juegos de la temporada de 1934. Los Reds tuvieron
los dos totales de anotaciones más bajos en la historia
de la NFL. En 1933 anotaron 38 puntos en 10 partidos,
empatando a los Leones de Detroit de 1942.

Después de los Estados Unidos, México es el país
que más seguidores tiene de la NFL, con alrededor
de 25 millones de personas, seguido de Brasil con 19.7
y Canadá con 7.21, según datos de Global Web Index.

761

Creados al mismo tiempo, en la década de 1960, los Vaqueros de Dallas aparecieron por la NFL para competir con los Texanos de Dallas de la AFL, y así no perder el mercado de una ciudad tan importante.

762

La NFL no tiene un equipo con sede en Canadá, principalmente porque en ese país existe la Canadian Football League (CFL). A pesar de tener muchas semejanzas con el fútbol americano, el canadiense tiene 12 jugadores por equipo y el campo de juego es más ancho. Además, el equipo con posesión de pelota tiene tres intentos para avanzar 10 yardas, en vez de cuatro. Esto hace que en el fútbol canadiense sea más común lanzar pases largos y realizar menos jugadas por tierra.

763

En 2012, el *linebacker* Clay Matthews aceptó usar un modelo de pañal para adultos bajo su uniforme durante una campaña a beneficio de una fundación de lucha contra el cáncer. Con este "actor", la marca de pañales donó 150.000 dólares a la fundación.

764

Al retirarse, el *quarterback* de los Buffalo Bills, Jim Kelly, dedicó su vida a su hijo Hunter, quien fue diagnosticado con la enfermedad de Krabbe poco después de nacer. Pero Hunter murió a causa de la enfermedad y para honrar a su hijo, Kelly creó en 1997 una organización sin fines de lucro (Hunter's Hope). Su dedicación en favor de los pacientes de Krabbe ha incrementado notoriamente la atención sobre la enfermedad.

765

En 2016, el partido de pretemporada entre los Cuervos de Baltimore y las Panteras de Carolina se detuvo durante unos minutos para poder ver en directo una carrera del nadador Michael Phelps en los Juegos Olímpicos de Río de Janeiro.

766

Durante años el gol de campo más largo fue realizado por una persona que nació sin los dedos del pie: Tom Dempsey. Logró un gol de campo de 63 yardas el 8 de noviembre de 1970, con un calzado que años después sería prohibido en la NFL. Dempsey nació sin los dedos del pie derecho ni de la mano derecha.

767

La NFL comenzó a emitirse regularmente por televisión en la década de 1940. La final se transmitió en televisión por primera vez en 1948. En 1955, la final salió por la cadena nacional NBC. En 1956, la cadena CBS comenzó a emitir partidos de la temporada regular. La primera edición del Super Bowl se transmitió por ambas cadenas, tras lo cual comenzaron a alternarse. La cadena ABC comenzó a emitir partidos del Monday Night Football en 1970 y se unió a la rotación del Super Bowl en 1985.

768

En 1963, los Texanos de Dallas de la antigua AFL cambiaron su sede por la de Kansas City y fueron renombrados como los Jefes de Kansas City.

769

En 1902, dos equipos de béisbol, los Atléticos y los Phillies, ambos de Filadelfia, formaron equipos de fútbol americano con sus peloteros y se unieron a las Estrellas de Pittsburgh en un intento de formar una liga que se llamó National Football League, sin relación alguna con la actual. Los 3 equipos se proclamaron campeones, pero Dave Berry, presidente de la Liga, le dio el título a Pittsburgh.

En 2012, Shannon Eastin estuvo en el equipo de árbitros del partido amistoso de pretemporada entre los Empacadores y los Cargadores, convirtiéndose en la primera mujer en ocupar este puesto.

En 1882, se iniciaron las señales dadas desde la banca para indicar cada jugada.

En 1887, se realizó el primer juego bajo techo. Fue en el Madison Square Garden de Nueva York y se enfrentaron las universidades de Pensilvania y Rutgers.

En 1879, la Universidad de Princeton usó dos de sus jugadores para escoltar al corredor, por primera vez en la historia, durante un juego contra Harvard. Así, se dieron los principios de lo que hoy conocemos como jugadas o trayectorias de la línea ofensiva. Esta escolta fue reglamentada en ese año, dándole el nombre de "protección al corredor".

774

John Heisman fue el *coach* de la Universidad de Auburn por 5 años. Allí desarrolló "la jugada del balón fantasma" en la que el *quarterback* lo escondía pegado a su cadera.

775

La "Formación T" fue popularizada por los equipos de las universidades de Minnesota en las décadas de 1930 y 1940, al lograr ganar cinco títulos nacionales, y de Oklahoma en la década de 1950, al lograr ganar 47 partidos de manera consecutiva y tres títulos nacionales.

776

En 1937 la NFL tuvo 8 equipos, el número más bajo en la historia de la liga.

777

En la final de la AFL (competidora de la NFL) de 1962 los Texanos de Dallas derrotaron a los Petroleros de Houston por 20 a 17 después de un tiempo extra de 17 minutos con 54 segundos. Se lo considera como el partido profesional más largo de la historia.

778

Si un equipo llega a un cuarto *down* y se encuentra
cerca de la zona de anotación rival, entonces tiene
la opción de buscar un gol de campo pateando el balón
para introducirlo entre los postes de gol. Así el equipo
ofensivo al menos puede conseguir 3 puntos.

779

La NFL mantiene reglas que bloquean las señales
para poder ver ciertos partidos a nivel local. Si un partido
no logra vender suficientes entradas, este no se emite
en la estación de televisión de dicha región.
Por el contrario, si un partido tiene estadio lleno,
ninguna estación por aire de dicha región puede emitir
otro partido al mismo tiempo. Además, las cadenas
de cable no pueden transmitir partidos en la ciudad
del equipo local: debe emitirse en una estación por aire.

780

Una de las razones que ha diferenciado a la NFL respecto
de otros deportes estadounidenses es la paridad entre
sus 32 equipos. La liga ha sido citada como una
de las pocas en las que cualquier equipo tiene
posibilidades reales de ganar el campeonato cada año.

781

Un *Hail Mary* (Ave María) es un pase hacia adelante
con forma de bomba, la cual usualmente utiliza
a 5 receptores. Todos los receptores van a máxima
velocidad hacia la zona de anotación casi sin cambiar
de dirección. El *quarterback* lanza el balón hacia
esa zona, con la esperanza de que alguno de ellos
pueda atrapar el balón. El Ave María se usa
en los últimos segundos de un juego para tratar
de lograr puntos vitales de manera desesperada.

782

William "Pudge" Heffelfinger jugó en la década de
1890. Según el Salón de la Fama del Fútbol Americano
Profesional, su tamaño le permitía causar estragos
en las líneas opuestas: se decía que, normalmente, podía
enfrentar a dos o tres jugadores a la vez. Ayudó a que
la Universidad de Yale ganara dos temporadas invictas;
en una de ellas les ganó a todos sus oponentes por 698-0.

783

El *quarterback* Harry Gilmer de la Universidad
de Alabama, en la década de 1940 tenía la peculiar
manera de pasar el balón saltando.

784

En 1971, se determinó que la aplicación del castigo
para un pase ilegalmente lanzado dependía de si el pasador
lo tiraba deliberadamente para evitar perder yardas.

785

Aztecas es el equipo colegial de la Universidad de las
Américas de Puebla (UDLAP). Tuvo 2 épocas: la primera
como Aztecas del Mexico City College y la segunda como
Aztecas de la Universidad de las Américas Puebla. Llegó
al juego por el título en 14 ocasiones (1948, 1949, 1950, 1954,
1994, 1995, 1996, 1997, 1998, 1999, 2006, 2010, 2013, 2014) y ha
obtenido 8 campeonatos nacionales (1949, 1991, 1995,
1996, 1997, 2010, 2013 y 2014).

786

**En 1948 se permitió el uso de un *tee* o base construido
con un material flexible para patear el *kickoff*.**

787

En 1955, durante un juego de pretemporada entre
Los Ángeles y Nueva York, por primera vez se determinó
al ganador mediante la muerte súbita en tiempo extra.

En la semana 11 del 2016, jugando para los Vikingos de Minnesota, Xavier Rhodes logró un retorno de intercepción de 100 yardas y Cordarrelle Patterson logró un retorno de *kickoff* de 104 yardas. Se convirtieron en el primer equipo, desde los Vaqueros de Dallas de 1962, en sumar un retorno de intercepción de más de 100 yardas y otro de más de 100 yardas de retorno de *kickoff* en el mismo partido. Los Vikingos son el cuarto equipo en la historia de la NFL con dos jugadas de anotación de más de 100 yardas en el mismo partido.

La selección senior de fútbol americano de México se conforma con jugadores de todo el país sin importar liga, equipo, lugar de residencia o edad. Participa en la Copa Mundial de Fútbol Americano, torneo internacional organizado por la IFAF y que se disputa cada 4 años desde 1999 para proclamar un campeón mundial a nivel de selecciones nacionales.

El calendario de la NFL para la siguiente temporada es generalmente publicado el tercer jueves de abril.

791

En 1978 la NFL autorizó a los defensivos tener contacto
con un receptor potencial, dentro de las primeras cinco
yardas a partir de la línea de golpeo.

792

**El ganador de la Conferencia Americana
de la NFL recibe el Trofeo Lamar Hunt.**

793

El film *When the Game Stands Tall* (*Un equipo legendario*)
narra la historia real de los Espartanos, el equipo de fútbol
americano de la secundaria De la Salle, que posee un
récord de victorias consecutivas: 151 partidos ganados
entre 1992 y 2003.

794

En 2016, los Jefes de Kansas City superaron una desventaja
de 21 puntos en su victoria en la prórroga por 33-27 ante San
Diego en la semana 1 y se convirtieron en el primer equipo
en la historia de la NFL en extender una racha ganadora
de al menos 10 partidos con una remontada de
al menos 21 puntos.

795

En 1948, se disputó el Campeonato Internacional de
Fútbol Americano de Aficionados en California, con la
participación de Estados Unidos, Canadá, México y Hawái.

796

En la final del campeonato de la NFL de 1940 Chicago
le ganó a Washington por 73-0. Los Osos mostraron
un nuevo esquema: la formación "T". Utilizada por
el equipo ofensivo, 3 corredores se alinean en fila cerca
de cinco yardas detrás del *quarterback*, formando una figura
parecida a una letra "T". Esta formación dominó gran
parte de los juegos de la primera mitad del siglo XX.

797

La Liga FAA, sigla de Football Americano Argentina,
se formó en 2004 para reglamentar una actividad
que se venía practicando desde años anteriores y traer al
país el equipamiento necesario para la práctica y enseñanza
del deporte. Los Cruzados, los Osos Polares y los Tiburones
fueron los equipos pioneros. En 2005, y con la incorporación
de los Jabalíes, se dio inicio al primer torneo oficial de
la FAA. Osos Polares y Tiburones disputaron el "Bowl
Austral I" en el que ganaron los Tiburones.

798

La patada de despeje sirve para entregar el balón lo más alejado posible de su propio campo de juego y provocar así que el equipo que lo recibe tenga que recorrer de nuevo una gran parte del campo para buscar una anotación.

799

En el Super Bowl XXXVI, los Patriotas de Nueva Inglaterra vencieron a los Carneros de Los Ángeles por 20 a 17 con un gol de campo de Adam Vinatieri faltando segundos para el final del partido. Fue la primera vez que los puntos para ganar un Super Bowl llegaron en la última jugada.

800

El fútbol americano fue incluido como deporte de exhibición en los Juegos Olímpicos de Tokio 2020.

801

En un intento de convertir dos puntos, el equipo que ha anotado el *touchdown* se sitúa cerca de la línea de gol del rival (yarda 2 en NFL) e intenta cruzar el balón dentro de la zona de anotación como si fuera un *touchdown* normal.

En el 2004, Buenos Aires fue sede del primer partido internacional en la región. Los Warriors de Panamá ganaron un encuentro amistoso a la selección argentina, los Halcones.

Conjuntamente con la Liga Uruguaya de Fútbol Americano (LUFA), se creó el llamado Silver Bowl o Tazón de Plata a partir del 2005. Las dos primeras ediciones fueron ganadas por los uruguayos. En la tercera edición, los argentinos se impusieron en el marcador por 24-9, en 2007. La edición de 2008 no se disputó, y de 2010 hasta 2013 todas las ediciones fueron ganadas por Argentina.

Mike Shanahan, Vince Lombardi, Don Shula, Chuck Noll, Jimmy Johnson y Bill Belichick fueron los primeros seis entrenadores en ganar Super Bowls consecutivos.

Solo en Europa, el fútbol americano es practicado por más de 1.500 equipos seniors que se dividen en 41 países.

De los 7 árbitros que hay en el campo en un partido de NFL, 6 tienen gorra negra y uno gorra blanca (el principal).

El juego por el Campeonato de la NFL en 1932 fue histórico por varias razones: 1) Fue la primera vez que un juego único de *playoff* se disputó para determinar a un campeón. 2) Fue celebrado bajo techo.

En 1925, los Osos de Chicago contrataron a Red Grange. El corredor debutó ante los rivales de la ciudad, los Cardenales de Chicago, en un estadio lleno con 36.000 personas sin asiento en el Wrigley Field. Durante los meses siguientes, Grange y los Osos viajaron por todo el país, promoviendo el juego profesional y la NFL.

Mike Ditka y Tom Flores fueron las dos primeras personas que han ganado Super Bowls en las posiciones de jugador, entrenador asistente y entrenador en jefe.

810

Durante el Super Bowl, el canal Animal Planet
transmite desde el 2005 el Puppy Bowl, donde dos
equipos de animales se disputan la victoria.

811

En 1983 se fundaron, en Inglaterra, los Northwich Spartans,
cambiando a Manchester Spartans al año siguiente.
Ganaron el Eurobowl de 1990 y las ligas británicas de 1989
y 1990. En 1993 pasaron a la Football League of Europe
(FLE), modificando su nombre a Great Britain Spartans y
mudando su sede a Sheffield. La FLE solamente celebró
dos temporadas (1994 y 1995), y el equipo se disolvió.

812

Los Detroit Wheels solo duraron un año, 1974,
y ni siquiera fue una temporada completa.
Luego de 14 partidos, ganaron uno y perdieron 13.

813

Después de los Cardenales de Arizona, los Leones de
Detriot son la segunda franquicia de la NFL que más
tiempo ha pasado sin ganar un título, el último fue en 1957.

814

Chad "Ochocinco" fue jugador de los Bengalas de Cincinnati. Se llamaba Chad Johnson, pero al ver que era muy conocido en el mercado latino cambió su apellido a "Ochocinco", en relación al número 85 que utilizaba.

815

El fútbol americano se consolidó en Argentina en las ciudades de Buenos Aires, Córdoba y en Rosario. Hasta el año 2016, Buenos Aires contaba con seis equipos: Tiburones, Osos Polares, Cruzados, Jabalíes, Corsarios y Legionarios. Córdoba con cinco: Águilas, Centauros, Cóndores, Coyotes y Dragones. Rosario con cuatro: Celtas, Espartanos, Hienas y Ogros. Luego, en Mendoza apareció el primer equipo oficial: los Libertadores.

816

La historia del fútbol americano en Guatemala se remonta al año 2000, cuando el exjugador Tom Kelly visitó el país y donó a la Universidad Rafael Landívar equipamiento para 25 jugadores. Además, impartió una clínica de 2 días a los interesados. Meses después se creó el primer equipo de fútbol americano de Guatemala, los Tigres de la Universidad Rafael Landívar.

El fútbol americano es más antiguo de lo que se piensa. Tanto que el teléfono inventado por Alexander Graham Bell fue dado a conocer 7 años después de la aparición de este deporte en Estados Unidos.

Los jugadores del Super Bowl tienen un bonus extra en sus sueldos. Si ganan, obtienen 92 mil dólares. Si pierden, 49 mil dólares.

La International Federation of American Football (IFAF) fue fundada en 1998. Y ha organizado cada cuatro años la Copa Mundial de Fútbol Americano. Japón ganó las dos primeras copas, en 1999 y 2003, mientras que Estados Unidos venció en 2007, 2011 y 2015.

Los aficionados de Pittsburgh, en el estadio ondean toallas de color amarillo, llamadas "toallas terribles" (*"terrible towels"*) para alentar a su equipo.

En México, desde 1933 y hasta 1970, el número de campeonatos nacionales fue prácticamente repartido entre los equipos del Instituto Politécnico Nacional y el de la Universidad Nacional Autónoma de México, con la excepción del México City College que en 1949 ganó el campeonato nacional.

La Universidad Autónoma de Nuevo León (UANL) y el Instituto Tecnológico de Estudios Superiores de Monterrey (ITESM) crearon sus equipos en la década de 1940, pero recién en 1969 ambos compitieron en el torneo nacional.

En la década de 1970 en México el equipo de la UNAM se dividió en 3 representativos debido a las presiones ejercidas en la liga para equilibrar la competencia, dado el dominio de aquella institución.

En 1941, Alejandro Solís Carranco fue el primer entrenador de fútbol americano en Monterrey.

825

La selección de fútbol americano de Brasil representa a ese país en competencias de tipo internacional. Tuvo su primer partido oficial en un encuentro amistoso en contra de la selección uruguaya el 15 de noviembre de 2007, realizado en Montevideo, Uruguay. Brasil llevó jugadores de las áreas de Mato Grosso, Río de Janeiro, Santa Catarina y São Paulo. El partido terminó con un marcador de 20-14 a favor de los locales.

826

En la década de 1980, dos instituciones educativas privadas de México retomaron sus programas deportivos de fútbol americano, reforzándolos con becas académicas: El Tecnológico de Monterrey y la Universidad de las Américas (UDLA, antes México City College).

827

El 10 de diciembre de 1944 el equipo de la Universidad de Nuevo León, llamado los Cachorros, se enfrentó a Gatos Negros en el Parque Acero Monterrey. Gatos Negros ganó 18 a 0.

828

A partir de la década de 1970 surgieron clubes privados
en México que expandieron la práctica del fútbol
americano infantil y juvenil. Entre ellos: Pumitas, Gamos,
Leones, Destroyers, Bucaneros, Redskins, Comanches,
Perros Negros y Raiders, entre otros. De esos clubes
salieron los jugadores que alimentaron a los equipos
de Liga Mayor de las instituciones públicas.

829

El primer partido en Monterrey efectuado por un equipo
local fue el 31 de mayo de 1942, entre Gatos Negros
e YMCA (subcampeón del D.F.). Gatos Negros perdió 20-6.
La mayoría del público no entendía el juego, ya que era
la primera vez que veían un partido de fútbol americano.

830

Los Cuervos de Baltimore que lograron el Super Bowl del
2000, ganaron sus últimos 11 partidos de esa campaña por
un margen promedio de 18 puntos. También establecieron
el récord de la NFL de menos puntos permitidos en una
temporada regular de 16 partidos. Y permitieron solo un
touchdown en cuatro partidos de *playoffs*.

831

En 1970, ocho de los catorce rivales de los Acereros de Pittsburgh en temporada regular anotaron 10 puntos o menos ante una defensa a la que llamaron la "Cortina de Acero". Luego, en tres partidos de *playoffs*, las ofensivas rivales promediaron solo 12.3 puntos contra los Acereros.

832

En 1916, el equipo del Saint Louis College de la ciudad de San Antonio, Texas, tenía de entrenador a Dwight D. Eisenhower, quien luego sería un destacado general del ejército de EE.UU. en la Segunda Guerra Mundial y el presidente número 34 de su país.

833

Los Vikingos de 1969 fueron los primeros en la historia de la franquicia en liderar a la NFL en puntos anotados en ofensiva y defensiva. Llegaron al Super Bowl IV como favoritos, pero perdieron con los Jefes de Kansas City.

834

El primer equipo de fútbol americano en Monterrey fueron los Gatos Negros. El segundo, los Pieles Rojas.

835

El logo de los Raiders de Oakland muestra
un corsario que no tiene un rostro cualquiera, sino
que es el retrato del actor Randolph Scott, muy famoso
en su época, que solía interpretar a héroes de películas
de vaqueros, de cine bélico o de aventuras.

836

Los Buffalo Bills tienen varios miembros en el Salón
de la Fama: Jim Kelly, Thurman Thomas, Andre
Reed, James Lofton, Bruce Smith, Marv Levy, Bill
Polian y Ralph Wilson.

837

En el campeonato centroamericano "Cuatro Naciones"
participan: El Salvador, Honduras, Nicaragua y Guatemala.

838

Los Jaguares de Jacksonville de 1999 terminaron 14-2
en la temporada regular y les ganaron a los Delfines
62 a 7 en los *playoffs*, en el que sería el último partido
para el mariscal de campo Dan Marino
y el entrenador en jefe Jimmy Johnson.

839

Solo un equipo de los Gigantes de Nueva York
ha ganado 14 partidos en su historia y fue el de 1986.
Terminó en el segundo lugar de la liga en defensiva
y le dio el primer título de Super Bowl a la franquicia.

840

Los Osos de Chicago de 1985 se ubicaron como uno
de los mejores equipos en la historia de la NFL. Detrás de
posiblemente la mejor defensiva en la historia de la liga,
los Osos vencieron a los Patriotas en el Super Bowl XX.

841

Los Vaqueros de 1993 perdieron sus primeros dos partidos
sin el corredor estrella Emmitt Smith, pero terminaron
12-2 el resto de la campaña con él jugando, y vencieron
a los Bills en el Super Bowl XXVIII.

842

Los Bucaneros de Tampa Bay del 2002 terminaron 12-4
en temporada regular y les ganaron a sus tres rivales
de *playoffs* por un combinado de 69 puntos, incluyendo
una victoria 48-21 sobre Oakland en el Super Bowl.

843

Jim McMahon, *quarterback* de los Osos de Chicago, durante
la década de 1980, convirtió con éxito muchos goles
de campo pateando de *drop* durante los entrenamientos,
pero ninguno de sus entrenadores le permitió
intentarlo durante un partido oficial.

844

10 miembros del Salón de la Fama jugaron en el equipo
de campeonato de 1962 de los Empacadores, entrenados
por Vince Lombardi, que terminó 13-1 y lideró la NFL
en puntos anotados y menos puntos permitidos.
Encabezados por Bart Starr, Paul Hornung, Jim Taylor,
Forrest Gregg, Ray Nitschke, Herb Adderley, Willie Davis,
Jim Ringo, Willie Wood y Henry Jordan, el equipo
culminó la campaña de 1962 con un triunfo 16-7
sobre los Gigantes para ganar el título de la NFL.

845

En una foto tomada durante el medio tiempo del Super
Bowl I, entre los Jefes de Kansas City y los Empacadores
de Green Bay, se observa al *quarterback* de los Jefes, Len
Dawson, en los vestidores fumando un cigarrillo
y bebiendo una gaseosa.

846

En 2016 *GoRout* presentó "VueUp" : el primer display
aplicado al visor de los cascos de fútbol americano,
conocido como "heads-up display" (HUD). Con una pantalla
de alta definición pueden verse los diseños de las jugadas,
mientras una cámara captura cada movimiento desde
el punto de vista del jugador. Además, el sistema
responde a órdenes verbales.

847

El 7 de octubre de 1916, ante Georgia Tech, los Bulldogs
de Cumberland College sufrieron la derrota más amplia
en la historia del fútbol americano colegial. El marcador
final fue de 222 a 0.

848

Si un pase se marca como incompleto o la jugada
termina antes de que el jugador suelte el ovoide,
no se considera balón suelto.

849

Los Cardenales de Arizona son el equipo
más antiguo de la NFL.

850

Stephen Tulloch, siendo *linebacker* de los Leones de
Detroit, sufrió una grave lesión en el ligamento cruzado
anterior por celebrar con un gran y efusivo salto
una buena acción defensiva. El jugador estuvo fuera
de los campos durante un largo tiempo.

851

Durante buena parte del siglo XX, la División I
de la NCAA no tuvo partido de campeonato, dada la gran
cantidad de equipos y la escasa cantidad de partidos
por temporada. A partir de 2014 los cuatro mejores
del ranking compiten en el College Football *Playoff*
para decidir el campeonato nacional.

852

**El domingo del Super Bowl es el día con más accidentes
de tránsito relacionados con el alcohol en todo el año.**

853

El 30 de noviembre de 1905, Chicago le ganó a Michigan
2 a 0. A este partido se le llamó "El primer Gran Juego del
Siglo" y le quitó la racha invicta de 56 juegos a Michigan.

854

Los Gigantes de Nueva York han ganado un total de ocho
títulos de la NFL: cuatro en la época anterior al Super
Bowl (1927, 1934, 1938, 1956) y cuatro Super Bowls (1986,
1990, 2007 y 2011).

855

El 4 de junio de 1875, la Universidad de Harvard
se enfrentó a la Universidad de Tufts. Las reglas
incluían que solo podía haber 11 jugadores de cada equipo
en la cancha, la pelota solo se podía pasar pateándola
o cargándola y se permitía tacklear a la persona
con el balón, pero en ese instante se paraba el juego.

856

El primer partido nocturno se jugó en Pensilvania,
el 28 de septiembre de 1896 entre Mansfield Normal
y Wyoming Seminary.

857

Filadelfia (59) y Washington (28), el 15 de noviembre
del 2010 dejaron la marca de más puntos anotados
por el equipo ganador en un Monday Night Football.

858

Los primeros juegos de fútbol americano en Estados Unidos tenían cosas en común con el "fútbol de carnaval" jugado en Inglaterra, especialmente en el día festivo llamado "*Shrove Tuesday*", aunque estos utilizaban un limón en lugar de una pelota.

859

En el Super Bowl XLV entre Pittsburgh y Green Bay hubo cerca de 35 mil mexicanos presentes en el estadio.

860

El 30 de mayo de 1879, la Universidad de Michigan venció al colegio Racine en un partido jugado en Chicago. El periódico *Chicago Daily Tribune* lo llamó: "El primer partido de rugby-fútbol que se jugará al oeste de Pensilvania".

861

En una conferencia de prensa previa a un Super Bowl, Tom Brady respondió a la pregunta de cómo fue crecer con tres hermanas mayores: "A veces me vestían con su ropa y me pintaron las uñas una vez, pero fue agradable".

862

El único Jugador Más Valioso de un equipo perdedor
en un Super Bowl se dio en su quinta edición. Fue para
el *linebacker* Chuck Howley de los Vaqueros de Dallas.

863

El *safety* Paul Krause logró el récord
de 81 intercepciones a lo largo de su carrera.

864

Una de las faltas más comunes relacionadas con la línea
de *scrimmage* es el *offside*: cuando un jugador del equipo
defensivo se encuentra en la zona neutral cuando se
realiza el *snap*.

865

Mike Shanahan jugó en la preparatoria y en la universidad
como *quarterback*, pero recibió un fuerte golpe en una
práctica que le reventó uno de sus riñones, dejándolo
al borde de la muerte. Con su carrera como jugador
finalizada, Shanahan se inició como entrenador. Hasta 2008
fue entrenador de los Broncos de Denver, a quienes llevó a
dos victorias consecutivas de Super Bowl, en 1998 y 1999.

866

Joe Jackson Gibbs dirigió durante dos épocas
a los Pieles Rojas de Washington. En su primer periodo,
lo condujo a ganar 3 veces el Super Bowl.

867

**En la NFL los centros solo pueden llevar
los números del 50 al 79.**

868

RealSports Football de Atari fue un videojuego creado en
1972. Era una versión muy básica del juego: los jugadores
no podían salir fuera de los límites del campo y los
touchdowns anotaban automáticamente 7 puntos. No
había patadas para puntos extra.

869

El término *quarterback* se refería inicialmente a miembros
del *backfield*. Antes de la aparición de la "formación
T" en la década de 1940, todos los miembros del *backfield*
ofensivo eran amenazas para la carrera o el pase, y muchos
equipos utilizaban cuatro *backs* ofensivos en cada jugada:
un *quarterback*, dos *halfbacks* y un *fullback*.

870

El 28 de octubre de 1922, Princeton Tigers y Chicago Maroons jugaron el primer partido que se transmitió a nivel nacional por la radio.

871

Solamente 5 de los 11 jugadores ofensivos pueden salir libremente en una trayectoria con la intención de atrapar un pase hacia adelante: estos son los miembros del *backfield* y los receptores.

872

Bill Belichick, después de pasar 15 temporadas en la liga como asistente, obtuvo su primer trabajo como entrenador en jefe con los Browns de Cleveland en 1991. En sus cinco temporadas allí solamente tuvo una con récord positivo, por lo que fue despedido. En el año 2000 los Patriotas de Nueva Inglaterra lo contrataron y desde entonces Belichick los ha llevado a conquistar cinco Super Bowls.

873

No hay Monday Night Football durante la última semana de la temporada regular.

874

Los Carneros de Los Ángeles y los San Francisco 49ers fueron los primeros únicos equipos en disputar un Super Bowl en su propia ciudad (el XIV en 1980 y el XIX en 1985).

875

La mayor parte de los ganadores del MVP en un Super Bowl han sido jugadores ofensivos.

876

Jim Brown jugó para los Browns de Cleveland entre 1957 y 1965. Ocho veces líder corredor de la liga, Brown se retiró a los 30 años tras decidir que prefería hacer películas antes que dedicarse al fútbol americano.

877

Los Milwaukee Badgers fueron un equipo profesional que jugó en la NFL de 1922 a 1926. Tenían un número considerable de jugadores afroamericanos para su época y algunos terminaron jugando en el equipo de los Piratas de Pittsburgh en 1933, el cual luego sería conocido como los Acereros. Esto llevó al error de creer que los Badgers se convirtieron luego en los Acereros.

878

El programa de partidos de Monday Night Football
está establecido en abril y no se puede cambiar.
Así, la liga y la red no pueden garantizar si un duelo
final de la temporada tendrá o no mucha importancia.

879

Frank Gifford comenzó su carrera en la NFL
con los Gigantes de Nueva York jugando tanto
a la ofensiva como a la defensiva.

880

Elroy Hirsch fue un corredor y receptor que jugó
en los Carneros de Los Ángeles y Chicago Rockets luego
de la Segunda Guerra Mundial. Apodado "Crazy Legs" o
"Piernas Locas" por su particular forma de correr:
sus piernas se retorcían mientras corría.

881

Una conversión de dos puntos en fútbol americano
y canadiense es un intento que puede realizar un equipo
después de anotar un *touchdown* en lugar
de un punto extra.

**Cuando se juega el Super Bowl es el día
de mayor venta de pizzas en todo el mundo.**

El centro es un jugador de la línea ofensiva,
que da inicio a una jugada. Se acomoda sobre la línea
de *scrimmage*, con las piernas separadas, echa su cuerpo
al frente hasta que sus brazos extendidos lleguen al piso,
toma la pelota y al escuchar la voz, previamente acordada
con todos los demás jugadores ofensivos, lleva el balón
por entre sus piernas, para entregársela al *quarterback*,
que estará de pie detrás de este. El *quarterback* podrá
colocar sus manos pegadas a las caderas del centro o podrá
separarse algunas yardas para tomar un centro largo.

El 28 de septiembre de 2007, Sebastián Janikowski
intentó sin éxito un gol de campo de 76 yardas contra
los Cargadores de San Diego. Se presume que este
es el intento más largo en la historia de la NFL.
Aunque la liga no guarda expedientes en intentos,
los más largos conocidos anteriores a este eran
de 74 yardas de Mark Moseley y Joe Danelo.

885

Tom Brady es el jugador con el mayor número
de victorias en postemporadas en la historia de la NFL,
y a su vez, el *quarterback* con más yardas obtenidas
en partidos de postemporada.

886

Blitz es un vocablo usado para indicar una carga
del equipo defensivo a través de sus *cornerbacks*, *linebackers*
y *safeties*, quienes intentan alcanzar la línea de *scrimmage*
lo antes posible con la intención de penetrar y tacklear
detrás de esta, preferentemente al *quarterback*
o a quien tenga el balón.

887

El fútbol americano da la opción a los entrenadores de
lanzar un pañuelo rojo al terreno para exigir a los árbitros,
hasta 3 veces, que revisen una jugada controvertida. Los
oficiales tienen 60 segundos para revisar la jugada a través
de las imágenes captadas por varias cámaras en el estadio.
Si las imágenes proveen evidencia suficiente de que se
equivocaron, entonces cambian la jugada. Si el material
no es concluyente, entonces la decisión permanece
y el equipo que la desafió pierde un tiempo fuera.

888

En 1887, dos oficiales pagados, un *referee*
y un *umpire*, eran obligatorios para cada partido.
En 1889 se les dio a los oficiales silbatos y cronómetros.

889

En 2016, el *quarterback* de los Vikingos de Minnesota,
Sam Bradford, completó 25 de 33 pases, elevando su
porcentaje de pases completos a 71.6 por ciento.
Así rompió el récord de la NFL en una misma
temporada de 71.2 por ciento establecido por Drew Brees
de los Santos de Nueva Orleans en el 2011.

890

A finales de la década de 1950, se produjo una explosión
en la popularidad del fútbol americano, especialmente
después del partido de Campeonato de 1958 entre los Potros
de Baltimore y los Gigantes de Nueva York, que algunos
consideran "el mejor partido que se jugó en la historia".

891

Durante el Super Bowl se usan un total
de 120 balones, incluyendo 12 balones para patadas.

892

Muchos jugadores mexicanos estuvieron desde los inicios de la NFL Europa, arrancando con el pateador Marco Antonio Rueda en 1991. En 1997 Marco Martos llegó a los Dragones de Barcelona, equipo con el que se coronó en el World Bowl. En años siguientes se sumaron Carlos Rosado, Arturo Martínez, Hugo Lira, Rolando Cantú, Cesar Loredo, Jonathan Hurtado, Juan Wong, Alejandro Gámez, Salomón Solano, Mauricio López, Eduardo Castañeda, Gustavo Tella y Erick Cantú.

893

En 1902, se reglamentó que el punto extra debía intentarse después de anotar un gol de campo o un *touchdown*.

894

Auténticos Tigres es el equipo de la Universidad Autónoma de Nuevo León. Participa en el máximo circuito de la Liga Mayor de la ONEFA y ha obtenido cinco Campeonatos Nacionales de Liga Mayor, en 1974 y 1977 con el entrenador Cayetano Garza, y en 2009, 2011 y 2012.

En 2016, los Patriotas de Nueva Inglaterra se convirtieron
en el octavo equipo en la historia de la NFL en terminar
8-0 como visitantes en una temporada regular.
Los otros fueron los Osos de 1934, los San Francisco
49ers de 1984, de 1989 y de 1990, los Carneros
del 2001 y del 2007 y los Vaqueros del 2014.

Emmitt Smith, Curtis Martin, Walter Payton,
Barry Sanders y Frank Gore fueron los primeros en haber
corrido para 1.000 yardas en al menos 9 campañas.

Los Leones de Detroit se fundaron en 1929 y tenían como
sede el pueblo de Portsmouth en Ohio. Su nombre era
Spartans. Cuando un grupo de empresarios de Detroit los
compró por más de 7.000 dólares, el equipo se trasladó
a Detroit y cambió de nombre por el de Leones.

**Michael Sam se convirtió en el primer jugador
colegial en declararse abiertamente gay.**

899

Kenosha Maroons oficialmente jugó en la NFL
durante la temporada de 1924. Se disolvieron
sin victorias en 5 partidos.

900

En 2016, el *quarterback* de los Bucaneros de Tampa Bay,
Jameis Winston terminó la temporada regular
con 4.090 yardas aéreas y 28 pases de anotación, ambos
récords del equipo. También es el primer mariscal
de campo en la historia de la NFL en lanzar
para 4.000 yardas en cada una de sus primeras
dos temporadas como profesional.

901

Latrobe Athletic Association fue el primer
equipo completamente profesional para jugar
una temporada completa en 1897.

902

El récord de un Super Bowl con la menor cantidad
de yardas terrestres corridas es de los Carneros
de Los Ángeles: con 29.

903

Durante el show del medio tiempo del Super Bowl XLVIII,
Bruno Mars fue visto por 113 millones de personas en
Estados Unidos, una marca superada al año siguiente por
Katy Perry en el Super Bowl XLIX, con una audiencia
de más de 118 millones de espectadores.

904

Rob Gronkowski, de Nueva Inglaterra, fue el primer
ala cerrada de la historia en acabar tres temporadas
con más de 10 *touchdowns* y más de 1.000 yardas
por la vía de la recepción: en 2011, 2014 y 2015.

905

En 2016, siendo ala cerrada de los Cargadores de San Diego,
Antonio Gates sumó la recepción de *touchdown* número 111
de su carrera, empatando a Tony Gonzalez con la mayor
cantidad para un ala cerrada.

906

El ala cerrada es un jugador que puede bloquear
como un defensa (jugando a la ofensiva)
y atrapar pases como un ala abierta.

El boxeador Floyd Mayweather Jr. apostó 10.4 millones de dólares a que los Broncos de Denver ganaban el Super Bowl 48. Denver perdió 43 a 8.

Los Empacadores llegaron a la NFL en 1921 y ese mismo año fueron expulsados por violar el reglamento al utilizar con nombres falsos a tres jugadores de la Universidad de Notre Dame en un juego de exhibición. La expulsión duró pocos meses y los Empacadores de Green Bay fueron restituidos en la liga antes del inicio de la temporada de 1922.

A partir de 1880 se redujeron los jugadores en campo por equipo de 15 a 11 jugadores, además de crear la línea de *scrimmage* y los *downs*.

Los Empacadores han ganado once campeonatos de la NFL antes de la era Super Bowl, más que cualquier otro equipo en la NFL.

911

Al término de la temporada 1958 de la NFL, los Potros de Baltimore y los Gigantes de Nueva York jugaron la final para determinar al campeón de la liga. El marcador final fue 23-17 en favor de Baltimore. Fue transmitido en vivo por la cadena de televisión NBC, a nivel nacional, ayudando a impulsar a la NFL para convertirse en una de las ligas deportivas más populares en los Estados Unidos.

912

En el Super Bowl XII, los Vaqueros derrotaron a los Broncos de Denver. Al final del juego, Randy White y Harvey Martin, ambos de Dallas, fueron reconocidos con el premio Jugador Más Valioso. Fue la primera ocasión en que dos jugadores obtuvieron el MVP en un mismo Super Bowl.

913

El 5 de febrero de 2017, los Patriotas de Nueva Inglaterra dieron vuelta un partido casi perdido contra los Halcones de Atlanta, en el que caían 28-3 en el tercer cuarto, empatando 28-28 cuando quedaba menos de 1 minuto de juego en el último cuarto y ganando en la prórroga con un *touchdown* por 34-28. Es la mayor remontada en la historia de los Super Bowls.

914

El 3 de enero de 1983, el corredor Tony Dorsett consiguió
un acarreo para *touchdown* de 99 yardas en contra de los
Vikingos de Minnesota. Sigue siendo el acarreo desde
la línea de *scrimmage* más largo en la historia de la NFL.

915

En 1923, los Empacadores de Green Bay se vieron en
riesgo de desaparecer por problemas financieros, entonces
vendieron las primeras acciones del equipo
a los ciudadanos de Green Bay. Hoy, los Empacadores
tienen un presidente de la junta directiva que representa
a los más de 100.000 accionistas dueños del equipo,
o sea toda la ciudad de Green Bay.

916

El árbitro principal supervisa al resto de los árbitros,
decide en todas las materias que no estén bajo la
jurisdicción específica de los otros y decreta las
penalizaciones. El ayudante toma decisiones concernientes
a la indumentaria de los jugadores, su comportamiento
y su posicionamiento. El trabajo principal del *linesman*
es marcar la posición de la pelota al final de cada jugada.
El juez de campo controla el tiempo con un cronómetro.

En 2016, el mariscal de campo de los Patriotas de Nueva
Inglaterra, Tom Brady, estableció el récord de la NFL
en una temporada para el diferencial de *touchdowns*-
intercepciones con 28 anotaciones por 2 entregas.
La marca previa de 27-2 fue establecida por Nick Foles
con las Águilas de Filadelfia en el 2013.

En 1919, Augustus Staley (dueño de una empresa
envasadora de almidón de maíz), decidió fundar un equipo
de fútbol americano al que llamó los Staleys de Decatur,
comunidad cercana a Chicago donde se encontraba
la empresa. Al año siguiente decidió contratar como
entrenador del equipo a George Halas, un destacado jugador
de fútbol americano con la Universidad de Illinois.
En 1921, Halas rebautizó al equipo con el nombre
de Chicago Bears (Osos de Chicago).

En el espectáculo de medio tiempo del Super Bowl 2014,
la cantante Katy Perry se trepó a un león robótico y luego
se elevó en una plataforma con una estrella fugaz. Había
ensayado el espectáculo 40 veces.

920

Se cree que el primer pase hacia adelante se produjo
el 26 de octubre de 1895 en un partido entre Georgia
y Carolina del Norte, cuando, por desesperación,
la pelota fue lanzada por el *back* de Carolina del Norte,
Joel Whitaker, en lugar de patearlo y su compañero
George Stephens atrapó el balón.

921

En 1957, los Leones de Detroit ganaron
por última vez un campeonato de la NFL. Al año siguiente
decidieron deshacerse de Bobby Layne, el *quarterback*,
que los había llevado al campeonato. Dice la leyenda que
Layne lanzó la maldición; en los siguientes cincuenta años
los Leones no volverían a ganar un campeonato.
Han pasado ya más de 60 años.

922

El sábado 17 de noviembre de 2007 en Montevideo,
la selección uruguaya enfrentó por primera vez a la
selección brasileña. Uruguay ganó 20 a 14. Fue el primer
partido de fútbol americano para el plantel brasileño,
y al no disponer de la indumentaria, se les brindó
para poder equiparse por primera vez.

923

Hasta el momento no existe un solo equipo
que haya ganado 3 Super Bowl consecutivos.

924

Al final de la temporada 1932, los Osos de Chicago
y los Portsmouth Spartans tuvieron los mejores registros
de la temporada regular. Para determinar al campeón,
la liga celebró su primer partido de *playoffs*. Chicago
ganó 9-0. El *playoff* se hizo tan popular que la liga se
reorganizó en dos divisiones para la temporada de 1933.
Así, los ganadores de la temporada regular
podían avanzar a un partido por el campeonato.

925

La Fundación Delfines de Miami fue establecida en 1995
para recaudar fondos, y se enfoca en asuntos educativos,
de salud, sociales y de servicio comunitario. Incluye
el patrocinio de los Programas de Lecturas de Verano en
Bibliotecas Públicas, Semana del Libro de Niños, Semana
de Lectura de Adolescentes, la Fundación de Fibrosis
Quística, el Centro de Cáncer Sylvester de la Universidad
de Miami, la Asociación Costera de Conservación
y la Asociación Broward para los que no tienen hogar.

926

Los partidos colegiales, jugados entre unos 640 equipos, son seguidos en los estadios por más de 35 millones de espectadores en Estados Unidos cada año.

927

En 2012, la Universidad de Lindenwood-Belleville decidió diseñar completamente su campo de fútbol americano con rayas de colores rojo y gris para representar a la escuela.

928

La marca de *touchdowns* por pase para un receptor novato en su primera temporada la tiene Randy Moss: 17 con Minnesota, en 1998.

929

La selección de fútbol americano de Alemania es organizada por la Federación Alemana de Fútbol Americano (American Football Verband Deutschland o AFVD). Ha participado en la Copa del Mundo en 2003 y 2007. Los jugadores son seleccionados por la German Football League (GFL). Uno de los equipos que más jugadores aporta es Braunschweig Lions.

18

El *quarterback* Peyton Manning adoptó el número 18
en honor a su hermano Cooper, quien utilizaba
el 81 en su etapa estudiantil hasta que se le diagnosticó
estenosis lumbar, lo que le impidió seguir jugando.

Debido a su éxito en la cancha, Peyton Manning fue
portada de diversos videojuegos de fútbol americano,
incluso prestó su voz en un capítulo de Los Simpsons,
en el que también aparecían sus hermanos Eli y Cooper.

La NFL Europa les abrió la puerta de la NFL
a cuatro jugadores mexicanos que jugaron en la ONEFA.
Fueron Mauricio López, Salomón Solano,
Eduardo Castañeda y Juan Wong.

Hay equipos de fútbol americano de la NFL
en 22 estados de EE.UU. California tiene
4 (49ers, Cargadores, Raiders y Carneros). Florida
tiene 3 (Bucaneros, Delfines y Jaguares).

Un 41% de las personas que ven el Super Bowl volverán a ver los anuncios que pasan durante el transcurso del juego, luego por Internet.

Tom Coughlin, de los Gigantes de Nueva York, se convirtió en 2011 en el *head coach* de más edad en ganar un Super Bowl, con 65 años.

Drew Brees fue el primer *quarterback* en la historia de la NFL en lanzar para 40 o más *touchdowns* en temporadas consecutivas (2011-2012).

El *quarterback* Aaron Rodgers en 2010 junto con la fundación Pro Player, apoyó un movimiento llamado "Twelve days of Christmas" que consistía en ayudar a niños de bajos recursos a tener mejores oportunidades tanto de educación como de vivienda. Además, Rodgers ha financiado fundaciones para apoyar a niños con cáncer alrededor del mundo.

938

El mariscal de campo de los Vaqueros de Dallas, Dak
Prescott, en su primera temporada como profesional
terminó con 13 victorias en la fase regular, empatando
la marca de Ben Roethlisberger de más triunfos
para un pasador novato.

939

Bill Parcells como entrenador ganó dos Super Bowls
con los Gigantes de Nueva York. Es el primer entrenador
en la historia de la NFL en llevar a cuatro equipos
diferentes a la postemporada y a tres equipos
diferentes a un juego de campeonato de conferencia.

940

El 30 de julio de 2000 un combinado de Costa Rica debutó
en este deporte enfrentando de local a la selección
nacional de Panamá. Fue victoria costarricense por 8 a 6.

941

Durante las temporadas 2015-2016 el *quarterback*
Aaron Rodgers logró que 3 "Ave María"
se convirtieran en *touchdown*.

942

La Encefalopatía Traumática Crónica (ETC) es un mal
que aqueja a muchos jugadores retirados del fútbol
americano. Es causado por los repetidos golpes que reciben
los jugadores en la cabeza durante su vida profesional.
Muchas veces las lesiones no presentan síntomas haciendo
más difícil el diagnóstico y tratamiento de la patología.
Las consecuencias: demencia y depresión, que derivan en
muertes tempranas.

943

Microsoft HoloLens, dispositivo similar a Google Glass,
son lentes de realidad mixta (combina la realidad virtual
y la aumentada) que en un futuro permitirán al espectador
ver un partido en 3D.

944

La selección de Japón es administrada
por la Asociación Japonesa de Fútbol Americano.
Ganó 2 copas mundiales de fútbol americano (1999 y 2003).
En 2010 Japón venció a la selección alemana
por 24 a 14 en el primer Tazón Alemania-Japón.

Paul Allen, cofundador de Microsoft junto a Bill Gates,
compró a los Halcones Marinos de Seattle por 200 millones
de dólares. En 2014, el equipo ganó el Super Bowl.

Los Staten Island Stapletons fueron fundados en 1915
y jugaron en la NFL de 1929 a 1932. Jack Shapiro,
que se desempeñaba como bloqueador
para los Stapletons, fue el jugador más bajo
en la historia de la NFL: medía 1.54 metros.

En Portsmouth, Ohio, nacieron los Spartans en 1929.
Como en ese lugar no existía infraestructura para una
franquicia de la NFL, George A. Richards, de Detroit, los
compró y los mudó a su ciudad en 1934. Para atraer más
seguidores, Richards logró que los Spartans jugaran un
partido en el Día de Acción de Gracias y convenció a la
cadena de televisión NBC de transmitir el encuentro en
94 estaciones. A partir de ese año Detroit siempre juega
como local durante ese día festivo.

948

En la primera edición del Mundial IFAF sub-19 la sede fue
Estados Unidos, contando con la participación de 8 países
y proclamando campeones a los estadounidenses, que
vencieron a Canadá con un marcador 41-3. En 2012 ganó
Canadá, y en 2014, nuevamente Estados Unidos.

949

La United States Football League (USFL) fue una liga
profesional que se jugó solo 3 temporadas entre 1983 y 1985.
Al comienzo la USFL trató de no competir directamente
con la NFL, teniendo un calendario de partidos de marzo
a junio. También estableció un método de desafiar las
marcaciones de los árbitros en el campo de juego por
medio de la repetición instantánea (con un sistema casi
idéntico al que se usa ahora en la NFL).

950

Cuando el equipo de fútbol americano de la Universidad
de Nebraska, los Cornhuskers, llena las 81.067 bancas del
Lincoln Memorial Stadium, este se convierte
en "la tercera ciudad más habitada" del estado
de Nebraska, tras Omaha (427.872) y Lincoln (241.167).

951

En junio de 2017, Derek Carr acordó una histórica
extensión de contrato por cinco años con los Raiders
de Oakland, que lo mantendrá con el equipo hasta
la temporada 2022. El contrato, por unos 125 millones
de dólares, lo ubicó en el Top 5 de los mejores
pagados en la NFL.

952

John Victor McNally, miembro del Salón de la Fama,
durante la Segunda Guerra Mundial estuvo en servicio
como criptógrafo en la India.

953

El balón de fútbol americano tiene una cubierta
que consiste en 4 gajos de cuero, con superficie granulada,
cuyas únicas partes sobresalientes son las costuras.
Su color es café, con dos franjas blancas de una
pulgada de grosor pintadas solamente en los dos gajos
adyacentes a la costura. Mide aproximadamente
11 pulgadas (28 cm) de largo y alrededor de
22 pulgadas (56 cm) de máxima circunferencia.

954

CFL USA fue el nombre de la extensión
de la Canadian Football League que intentó expandir
este deporte hacia Estados Unidos. Solo duró
tres temporadas: entre 1994 y 1996.

955

El fútbol americano tuvo participación como deporte
de exhibición en los Juegos Olímpicos de Los Ángeles 1932.
El 2 de agosto de ese año, un equipo conformado por los
jugadores recién egresados de los equipos de 3 universidades
del oeste de Estados Unidos (California, Stanford y USC)
se enfrentó a otro equipo conformado por jugadores,
también egresados, de otras 3 universidades del este
de Estados Unidos (Harvard, Yale y Princeton)
ante 60.000 espectadores en el Los Angeles Memorial
Coliseum. El equipo del oeste ganó por 7 a 6.

956

Como suplente del histórico *quarterback* de los Broncos
de Denver, John Elway, Gary Kubiak estuvo en la banca
en 139 de los 143 partidos posibles en su carrera. Luego fue
coach del equipo de Denver que en 2015 ganó el Super Bowl,
siendo Elway el gerente del equipo.

957

El 4 de noviembre de 2010, la NFL dio a conocer
una lista de los 100 mejores jugadores de toda
la historia, Jerry Rice apareció en el número 1.

958

Otra de las faltas más comunes relacionadas con la línea
de *scrimmage* es el *false start*: cuando un jugador ofensivo
hace amague de salir antes de que se produzca el *snap*.

959

Entre la Universidad de Washington y el fabricante
de cascos VICIS, elaboraron el casco ZERO1. Fue diseñado
para absorber los impactos de una forma eficiente,
haciendo que el movimiento de la cabeza en el interior
del casco sea mínimo. Posee 4 capas protectoras.
La exterior es capaz de deformarse y volver a su forma
original antes del próximo impacto. La segunda
es un sistema de amortiguadores que protege la cabeza,
lo que hace que cada golpe quede entre las dos primeras
capas. Además, el marco interior se adapta
para que la cabeza no se mueva dentro del casco.

960

Una opción en el juego terrestre son las jugadas reversibles. El *quarterback* le entrega el balón a algún jugador (generalmente al corredor), mientras este avanza lateralmente, como buscando la banda del campo, por el carril más externo, mientras que otro jugador, generalmente un receptor, avanza horizontalmente en sentido contrario al primero. Cuando se cruzan, el receptor recibe el balón y corre hacia la banda opuesta. Todo esto se desarrolla antes de cruzar la línea de *scrimmage*. Esta jugada ocasiona que la banda en la que se desarrolla la carrera esté un poco más descubierta.

961

La marca de más yardas por tierra para un corredor novato en su primer partido la tiene DeMarco Murray jugando para los Vaqueros de Dallas. El 23 de octubre de 2011, Murray corrió para 253 yardas contra los Carneros.

962

Los seleccionados al Salón de la Fama no entran como miembros de un determinado equipo. Las esculturas de los bustos de sus miembros no hacen referencia a ningún equipo en particular.

963

Aunque se convirtió en un entrenador en jefe
de mentalidad defensiva, Mike Tomlin, *coach* de los
Acereros de Pittsburgh, fue receptor titular por tres
campañas en William & Mary. Fue elegido por el primer
equipo de la All-Yankee Conference en 1994, después de
establecer un récord de la universidad con un promedio
de 20.4 yardas por recepción. En su carrera, atrapó
101 pases para 2.054 yardas y 20 *touchdowns*.

964

Morten Andersen se convirtió en 2017 en el segundo
pateador en ingresar al Salón de la Fama. Es, hasta la
fecha, el máximo goleador de todos los tiempos en
la historia de la NFL, además de ser el máximo goleador
de todos los tiempos para dos equipos rivales diferentes:
los Santos de Nueva Orleans y los Halcones de Atlanta.

965

Peyton Manning jugó con los Potros de Indianápolis
durante 14 temporadas, de 1998 a 2011.

966

En 2008, en México, la mayoría de las universidades
públicas, desanimadas por la imposibilidad de reclutar
talentos al competir con las privadas, querían dejar la
ONEFA, primera liga universitaria del país. Pero después
de la temporada de 2008 las universidades privadas se
desafiliaron de la ONEFA y formaron una nueva liga,
CONADEIP, que debutó en 2010. La división sigue
en la actualidad, aunque los rivales locales organizan
juegos entre conferencias para mantener viva
la vieja llama de la competición.

967

La historia del fútbol americano se remonta a las
versiones iniciales del rugby. Ambos deportes tienen su
origen en variaciones de fútbol que se jugaban en la Gran
Bretaña a mediados del siglo XIX. En estas versiones
de fútbol, el balón se pateaba hacia un poste o se corría
con él para atravesar una línea.

968

De los más de 25 millones de seguidores mexicanos
que tiene el fútbol americano, solo 8.1 millones son
considerados como asiduos.

969

La ciudad de Canton fue seleccionada como la sede para el Salón de la Fama por dos razones: 1) La NFL fue fundada allí en 1920. 2) Los ahora desaparecidos Canton Bulldogs fueron un equipo muy exitoso en los primeros años de la liga.

970

En 1924 la conversión se realizaba desde la línea de la yarda 3. Entre 1925 y 1928, desde la yarda 5. En 1929 fue movida a la yarda 2.

971

Para ser electo para entrar al Salón de la Fama se debe recibir el 80% de apoyo de las 39 personas que integran su comité.

972

Sean Payton, entrenador de los Santos de Nueva Orleans, además de jugar en la NFL, también lo hizo en la Arena Football League, la Canadian Football League y la UK Budweiser National League. Así, jugó profesionalmente en cuatro ligas de tres países diferentes.

973

Hasta 2017, de los más de 200 miembros
del Salón de la Fama, solamente 8 han
nacido fuera de los Estados Unidos.

974

El regreso más largo de un balón suelto en
un Super Bowl fue de 49 yardas, logrado por Mike
Bass de los Pieles Rojas de Washington en 1973.

975

El actor Tommy Lee Jones, ganador de un Oscar,
fue miembro del mítico equipo de la Universidad
de Harvard que batió todos los récords en 1968.

976

A partir de la temporada 2014, todos los equipos tuvieron
acceso a tablets de Microsoft Surface especialmente
configuradas para recibir, en la banda lateral, imágenes
a color de alta resolución casi de manera instantánea.
Esta aplicación les permitió a los entrenadores acercar
la imagen, hacer anotaciones, analizar jugadas y marcarlas
para analizarlas después y ajustar decisiones de juego.

 **977**

Hugh y Buffett, un par de manatíes del acuario del laboratorio Mote Marine en Sarasota Florida, eligieron al ganador del Super Bowl XLVIII. Los encargados del acuario pusieron tarjetas con los logotipos de ambos equipos contra la pared y esperaron a ver cuál de ellas llamaría la atención de los gigantes mamíferos marinos. Hugh eligió a los Halcones Marinos, mientras que Buffett eligió, a los Broncos. Anteriormente, Buffett había escogido al equipo correcto durante los últimos seis años, mientras que Hugh había acertado en cuatro de los últimos seis Super Bowls. En el caso de este Super Bowl, Hugh tuvo razón.

 **978**

Joel McHale, antes de convertirse en actor y famoso conductor del programa de televisión "La Sopa" (*The Soup*, por canal "E!"), jugó fútbol americano por la Universidad de Washington. Ganó el Rose Bowl, tras derrotar a Michigan en 1992.

 **979**

El Super Bowl es mucho más caro que la final de la Champions. Asistir a esa fiesta del deporte de EE.UU. vale 72% más que presenciar la definición de Europa.

980

Los Seminoles de Florida State poseen 3 títulos
nacionales de fútbol americano, 18 títulos
de conferencia y 6 de división.

981

Tonawanda Kardex fue un equipo de fútbol americano
activo entre 1916 y 1921. Jugó sus partidos en la ciudad de
Tonawanda, Nueva York. Fue el único equipo en la historia
de la NFL en disputar una sola temporada con un solo
juego, lo que lo convirtió en el de vida más corta en la
historia de la liga. *(Por si fuera poco, lo perdió)*.

982

El 22 de noviembre de 1890, en la ciudad de Baldwin,
se jugó por primera vez fútbol americano en el estado
de Kansas. Ese día Baker le ganó a Kansas 22 a 9. El 27 del
mismo mes, Vanderbilt jugó contra Nashville (Peabody) en
el Athletic Park y ganó 40-0. Esta fue la primera vez que se
realizó un partido de fútbol americano bien organizado
en el estado de Tennessee.

 **983**

En abril de 2017 Becca Longo se convirtió en la primera
mujer becada en un equipo universitario de fútbol
americano. La joven de 18 años competirá en la División II
de la NCAA con Adams State, una universidad
de Alamosa (Colorado).

 **984**

Desde 1930 se celebra en México un campeonato estudiantil
de fútbol americano, con una sola interrupción en 1968
(debido al Movimiento estudiantil de ese año).

 **985**

Bronislau "Bronko" Nagurski jugó para los Osos
de Chicago de 1930 a 1937. También fue un famoso
luchador profesional, logrando ser campeón
de peso pesado en múltiples ocasiones.

 **986**

Antes de ser la estrella de la popular serie *Lost*,
Matthew Fox jugó fútbol americano colegial, aunque
su equipo, los Leones de Columbia, a mediados
de los 80, no ganaron muchos partidos.

Aunque los hermanos Peyton y Eli Manning siempre han mantenido una gran rivalidad en la NFL, ambos consiguieron la misma cantidad de anillos: dos.

988

Los equipos de la División I de la NCAA se agrupan desde el año 1978 en dos subdivisiones: la Football Bowl Subdivision (FBS) para los mejores equipos y la Football Championship Subdivision (FCS) para los demás. No existe un sistema de ascenso y descenso automático, sino que la NCAA decide cuáles pueden entrar en la FBS en función de que lo soliciten y cumplan unos requisitos de asistencia al estadio (con un mínimo de 15.000 espectadores de media por partido), de oferta de becas deportivas (85 en FBS por 60 en FCS), además de que sean aceptados por alguna de las 11 conferencias.

989

Dallas fue el primer equipo en tener un jugador que, además de ganar el Super Bowl, también ganó en el mismo año el título de mayor cantidad de yardas por tierra de la NFL, el MVP de la temporada regular y el MVP del Super Bowl: Emmitt Smith, en 1993.

990

Los deportistas de la Universidad de Miami reciben el apodo de los Hurricanes, debido a la cantidad de huracanes que se producen en el estado de Florida. Su mascota es el ibis "Sebastián". Eligieron esa ave porque es el último animal que abandona el lugar cuando ocurre un huracán y el primero que reaparece tras la tormenta.

991

La marca de más anotaciones para un novato es de 1965. Gale Sayers, de Chicago, marcó *touchdowns* en 22 ocasiones: 14 por carrera, 6 por pases y 2 en regreso de patada. Sayers tiene otra marca como novato: el 12 de diciembre de 1965 contra San Francisco corrió para 336 yardas y anotó 6 *touchdowns*.

992

En el Super Bowl XLIX, la victoria de los Patriotas de Nueva Inglaterra frente a los Halcones Marinos de Seattle se opacó por la polémica que estalló tras la final del campeonato de la AFC de esa temporada. Tom Brady, mariscal de los Patriotas, había jugado el duelo final con un balón más desinflado de lo permitido por el reglamento.

993

Los Sooners son el equipo de la Universidad de Oklahoma y forma parte de la Big 12 Conference del fútbol americano universitario. El origen del nombre Sooners proviene de los pioneros que se establecieron en el oeste americano a finales del siglo XIX. Su logotipo ha sido durante muchos años representado por una caravana. Hasta 2017, ostentó el récord de victorias en el Orange Bowl, con 12 en 18 apariciones.

994

El equipo de árbitros de un partido de la NFL está formado por 7 personas.

995

La XFL fue una liga creada por la WWE (empresa relacionada con la lucha libre profesional) que se jugó solo durante una temporada en 2001. La XFL intentaba competir con la NFL, pero no pudo encontrar a una audiencia y quebró después de su primera temporada. El único campeón del Million Dollar Game fue el equipo de Los Ángeles Xtreme. La XFL implementó nuevas reglas que incluían... la falta de castigos.

996

Zorros ITQ es el equipo del Instituto Tecnológico de Querétaro. Fue fundado en 1982 y participó hasta el 2008 en la Liga Mayor de la ONEFA. Se reintegró en el 2014 después de 6 años de ausencia. En 1988 obtuvo el campeonato de la Conferencia Mexicana.

997

Los Vikingos de Minnesota y los Buffalo Bills coinciden en que han perdido los cuatro Super Bowls en los que han participado.

998

El expateador Matt Stover es el jugador más veterano que ha jugador una final de la NFL, tenía 42 años cuando participó en la de 2009.

999

Los Broncos de Denver son el equipo más perdedor del Super Bowl, pues han caído en cinco ocasiones. Sin embargo, ganaron otros tres (1998, 1999 y 2016).

1.000

El 17 de noviembre de 1968 la cadena de televisión
norteamericana NBC transmitía el partido entre Jets
de Nueva York y Raiders de Oakland. Cuando faltaba
un minuto para terminar el partido, la NBC finalizó
la transmisión por motivos de programación y puso
en pantalla la película *Heidi*. Así, la gente no pudo ver
uno de los finales más espectaculares de toda la historia,
ya que en ese minuto final los Raiders (que perdían
por 32 a 29) anotaron 2 *touchdowns* y ganaron 43 a 32.
El partido se conoció como "The Heidi game".

Aníbal Litvin

Nació en Buenos Aires, Argentina. Es periodista, guionista, productor y humorista. Ha participado en grandes éxitos del mundo del espectáculo y el entretenimiento en su país natal. Entre más de 15 títulos, escribió: *1.000 cosas inútiles que un chico debería saber antes de ser grande*, *1.000 datos insólitos que un chico debería conocer para saber que en el mundo están todos locos*, *Casi 1.000 disparates de todos los tiempos*, *1.000 datos locos del fútbol mundial*, *El libro de las mentiras*, todos publicados por V&R Editoras.

¡Tu opinión es importante!

Puedes escribir sobre qué te pareció
este libro a **miopinion@vreditoras.com**
con el título del mismo en el "Asunto".

Conócenos mejor en:

www.vreditoras.com

facebook.com/vreditoras